Die neue Waschmaschine

Jürgen Lange

Die neue Waschmaschine
-
über die Beziehung von Menschen zu ihren Haushaltsgeräten

Impressum

Bibliografische Information der Deutschen Nationalbibliothek:
Die Deutsche Nationalbibliothek verzeichnet diese Publikation
in der Deutschen Nationalbibliografie; detaillierte bibliografische
Daten sind im Internet über http://dnb.dnb.de abrufbar.

Text: © 2023 Jürgen Lange

Herstellung und Verlag: BoD – Books on Demand, Norderstedt

ISBN: 9783757853280

der besten Ehefrau von allen

Inhaltsverzeichnis

7

I. Was ist eine Waschmaschine?

Hier kommen zwei Definitionen zur Auswahl:

Waschmaschine (washing machine)

„Eine Waschmaschine ist ein elektrisches Haushaltsgerät zum Waschen von Wäsche. In einer Waschmaschine wird die Wäsche mit erwärmter Waschlauge durchtränkt, mechanisch bearbeitet, gespült und geschleudert." [i]

oder:

„Eine Waschmaschine ist die wertvollste Haushaltshilfe, die es zu kaufen gibt. Einerseits nimmt sie der geplagten Hausfrau eine ihrer schwersten Arbeiten ab und ist dabei vergleichsweise günstig in der Anschaffung und im Unterhalt. Andererseits vollbringt sie wahre Wunder, wenn es darum geht, Schmutzwäsche in saubere zu verwandeln, die nicht nur gut riecht, sondern auch durch einen angenehmen Takt dazu einlädt, die Kleidungsstücke erneut zu tragen."

II. von Dortmund nach Bilbao

- *„Du hast ja genau das gleiche an wie letzte Woche!"*
- *„Ja, Claudia. Ich bin stolzer Besitzer einer Waschma-schine. Das ist ein Gerät, mit dem man seine Kleider waschen und dann noch mal anziehen kann."* [ii]

Es war eigentlich ein Zufall, der mich 1990 erstmals ins Baskenland führte. Damals stand ich kurz vor dem Abschluss meines Studiums der Spanischen Sprach- und Literaturwissenschaft, als sich die Möglichkeit zu einem Auslandssemester in Bilbao ergab.

Auslandserfahrung hatte ich schon vorher: Salamanca stand bei den Studenten der Spanischen Romanistik unserer Uni hoch im Kurs, denn dort wurde das „reine" Spanisch gesprochen. Also hatte auch ich mich auf den Weg gemacht und zur Verbesserung meiner Sprach-kenntnisse den Studentenkneipen an der *Plaza Mayor* dort einen Besuch abgestattet.

Jetzt aber sollte es nach Bilbao gehen. Und ich fragte mich: Was kann mir Bilbao im Vergleich zu Salamanca großartig bieten? Ich stand einem erneuten Auslandsse-mester anfänglich zögerlich gegenüber, zumal Anfang der 90er Jahre gefühlt alle Schlagzeilen über das Bas-kenland mit der ETA zu tun hatten. Also begann ich mich erstmal bei Wikipedia über das Baskenland schlau zu machen:

„Das Baskenland (baskisch Euskal Herria oder Euskadi, spanisch País Vasco oder Vasconia, französisch Pays Basque) ist eine an der Südspitze der Biskaya am

Atlantik gelegene Region auf dem Gebiet der modernen Staaten Spanien und Frankreich." [iii]

Mehrsprachigkeit hatte ich zuvor schon in Schleswig-Holstein und in Wales erlebt, aber mehr als zwei offizielle Sprachen waren mir bis dahin nur in der Schweiz und Belgien begegnet. Das Interesse des Sprachwissenschaftlers in mir war bereits geweckt und bald hatte ich tatsächlich den Entschluss zu einem weiteren Auslandssemester gefasst.

Und ehe ich mich versah, ging es auch schon los. Auf meiner Reise in den Süden schwelgte ich in Erinnerungen an vergangene Aufenthalte auf der Iberischen Halbinsel. Als Eindringling in eine fremde Kultur fühlte ich mich dort lange Zeit wie ein bunter Hund. Meine spanischen Studienkollegen in Salamanca bestärkten mich in diesem Gefühl, indem sie mich auch nach Monaten des gemeinsamen Studiums noch *„Guiri"* (etwa Greenhorn) nannten. Schätze, dass diese Art der Sticheleien meiner spanischen *„Pícaros"* (etwa Schelm) zum Integrationsprozess dazugehören.

Auf meinem Weg von Deutschland zur Iberischen Halbinsel überquerte ich gleich mehrere Klima-, Sprach- und Religionsgrenzen. Allerdings ist mir bis auf den heutigen Tag nicht ganz klar, an welcher Stelle ich dabei die größere kulturelle Distanz zu überwinden hatte: auf den ersten 1.500 km vom Ruhrgebiet bis zur baskischen Metropole an der Bizkaia oder auf den letzten 25 km von Bilbao in das verschlafene 1000-Seelen-Nest, das ich seit nunmehr mehreren Jahrzehnten als mein Zuhause betrachte.

Auf den Straßen Bilbaos hört man kaum Deutsch, und auch unter meinen Sprachschülern sind die Kenntnisse über die deutsche Literatur noch ausbaufähig. Wenn ich in den höheren Niveaus zum Beispiel Brechts *„Bilbao-Song"* vorspiele, stoße ich damit schon mal auf allgemeines Unverständnis:

Bills Ballhaus in Bilbao
war das schönste auf dem ganzen Kontinent.
Dort gab's für einen Dollar Krach und Wonne,
und was die Welt ihr Eigen nennt.
Aber wenn Sie da hereingekommen wären,
ich weiß nicht, ob Ihnen so was grad gefällt.
Ach! Brandylachen waren, wo man saß,
auf dem Tanzboden wuchs das Gras
und der rote Mond schien durch das Dach,
'ne Musik gab's da,
da wurde was geboten für sein Geld!
Joe, mach die Musik von damals nach! [iv]

Tatsächlich gibt es nicht nur literarische Verknüpfungen zwischen der Metropole Bilbao und meiner alten Heimat. Beide Regionen waren seit Jahrhunderten von der Eisenproduktion anhängig. Ohne zu übertreiben kann man das Baskenland als das Ruhrgebiet der Iberischen Halbinsel bezeichnen; zumal die Krise der Schwerindustrie in den 80er Jahren beide Regionen gleichermaßen zwang, sich neu zu erfinden. Im Baskenland gibt es heute keinen einzigen Hochofen mehr. Lediglich ein Elektroschmelzofen zur Verwertung von Schrott erinnert noch an die vergangenen Zeiten. Von den Walzstraßen und Werften ist dagegen nicht mehr viel zu sehen.

13

Seit nunmehr vierzig Jahren arbeitet die Region an der Überwindung der Krise. Als Flaggschiff im Kampf gegen den industriellen Niedergang fungiert in Bilbao das *Guggenheimmuseum*. Es ist Teil der Restrukturierung des Großraums und brachte einen auf Natur, Gastronomie und Kultur basierenden Tourismus ins Baskenland, der so gar nichts mit den Bettenburgen der spanischen Mittelmeerküste zu tun hat. Beginnen wir mal mit der Natur. Der Besucher sollte sich im Klaren sein, dass wenn es irgendwo auf der Welt so grün wie im Sauerland ist, es dort möglicherweise auch genauso oft regnet. Tatsache ist, dass sich *Gothics* und Menschen mit einer Sonnenallergie im Baskenland pudelwohl fühlen.

Kommen wir auf die Gastronomie zu sprechen, nicht zuletzt, weil sie in meinem Fall das entscheidende Argument war, das mich zum Bleiben veranlasste. In einem Artikel der Zeitschrift „Travelbook" aus dem Jahr 2017 heißt es dazu:

„Feinschmeckern läuft das Wasser im Mund zusammen, wenn sie nur ans nordspanische Baskenland denken. Hier gibt es die höchste Sterne-Dichte der Welt und kulinarische Kleinkunstwerke auf den Tresen." [v]

Die hoch gelobte baskische Esskultur hat ihre Wurzeln in den traditionellen gastronomischen Gesellschaften. In den *Txokos* durften früher nur Männer kochen und speisen. Mittlerweile haben sich die Frauen zu diesen Lokalen Zutritt verschafft, wenn auch überwiegend noch ihre Männer dort den Kochlöffel schwingen. Sowohl in den *Txokos* als auch in den vielen Sternerestaurants zeichnete sich die baskische Küche in der Vergangenheit durch den weitgehenden Verzicht auf

Gewürze und die Konzentration auf die natürlichen Geschmäcker der Zutaten aus. Einen Modernisierungsschub erfuhr die baskische Küche allerdings im Bereich der *Pintxos*, die Wikipedia wie folgt erklärt:

„Der Pincho ist eine kleine Mahlzeit, die in Kneipen und Gaststätten zu einem Getränk verzehrt wird. Es bestehen Ähnlichkeiten mit den Tapas." [vi]

Nun gerade was die moderne und experimentelle Küche angeht, so ist der Vergleich mit den Tapas wenig hilfreich. In Durango (Bizkaia) bietet ein Restaurant ein aus fünf Pintxos bestehendes Menü an. Die beiden Pintxos „Huevo carbonizado" (links) und „Green Bilbao" (rechts) sind preisgekrönt und stehen stellvertretend für die Entwicklung in der baskischen Küche in den letzten Jahren.

Kultur, unser nächstes Stichwort, ist ein weites Feld. Genau wie die Einwohner im „tiefen Westen" Deutschlands verbinden auch viele Basken mit Kultur in erster Linie Sport. Am beliebtesten sind - wie überall, wo früher Bergbau und Hochöfen die Wirtschaft prägten - Fußball und Radfahren. In allen diesen Regionen werden nicht nur Radrennen massenhaft besucht, sondern gibt es auch „*den besten Fußballverein der Welt*".

Soweit die Gemeinsamkeiten zu meiner alten Heimat; kommen wir jetzt zu den Unterschieden. Um diese hautnah erleben zu können, musste ich den Fluss *Nervión* überqueren. Ich ließ also das europäische *Urban Life* der baskischen Großstadt hinter mir und machte mich auf dem anderen Ufer auf den Weg, das unbekannte, ländliche Baskenland der Region *Arratia* zu entdecken.

Karte Arratia [vii]

III. aus der Metropole ins Hinterland

Was sagt ein italienischer Hausmann zu seiner Waschmaschine? - „Miele grazie." [viii]

Die baskischen Sportarten werden vornehmlich auf dem Land betrieben, denn da kamen sie ursprünglich her. Am bekanntesten dürfte das Pelota-Spiel sein, bei dem ein Ball mit der bloßen Hand oder einem Holzschläger gegen die Wand geschlagen wird. Spektakulär ist auch das Steineheben, das sowohl Männer als auch Frauen betreiben. Die *Harrijasotzaileak* bewegen steinerne Kugeln und Würfel von erheblichem Gewicht.

Idoia Etxeberria [ix]

Hier im ländlichen Raum ticken die Uhren anders als in der Metropole. So reden sie hier außer Spanisch auch noch Baskisch. Industrie gibt es kaum, dafür jede Menge Land-, Forst- und Viehwirtschaft.

Als Sprachlehrer sah ich es als meine Pflicht an, die Verkehrssprache zu erlernen, also verbesserte ich zunächst mein Spanisch. Ich bin überzeugt davon, dass nur der Sprachlehrer, der selber mal eine Fremdsprache erlernen musste, die Anstrengungen seiner Schüler wirklich zu würdigen weiß. Außerdem erlangt er ein Höchstmaß an Einfühlungsvermögen, wenn er von Zeit zu Zeit mal die Komfortzone seiner Muttersprache verlässt. Da ich bereits über eine ordentliche Grundlage verfügte, gelang es mir bald, das Sprachdiplom *Aptitud en Castellano* abzulegen. Sodann machte ich mich gemäß meiner Berufsauffassung daran, auch noch die Minderheitensprache Baskisch zu lernen.

Das Baskische passt echt gut zum Dorfleben jenseits der Zivilisationsgrenze, denn es hat so gar nichts mit anderen Sprachen zu tun. Zunächst einmal ist es keine indogermanische Sprache, was zu den wildesten Überlegungen führte, woher das Baskische denn nun stamme. Darüber hinaus klingt die älteste europäische Sprache auch noch weniger angenehm als zum Beispiel das Französische mit seinen *Liaison*.

Als Sprachlehrer bemühte ich mich, die hier gelebte kulturelle Vielfalt als Chance zu verstehen. Dies forderte mir zwar einerseits einen hohen Grad an Toleranz und eine enorme Anstrengung ab, so dauerte es in meinem Fall zum Beispiel zehn Jahre, bis ich mich in beiden Fremdsprachen flüssig ausdrücken konnte. Andererseits, und auch das kann ich aus eigener Erfahrung bestätigen, wird es einem mit dieser Lebenseinstellung nie langweilig.

Auf dem Land wohnen die Menschen nicht in mehrstöckigen Mietskasernen. Wer hier etwas auf sich hält, wohnt in einem Bauernhaus. So ein Hof ist die über

Generationen gelebte Einheit von Haus, Grund, Beruf und Familie. Das sogenannte *Baserri* ist zu Stein gewordene Familiengeschichte. Da ist es auch nur folgerichtig, dass der Name des Hofs und der Familienname seiner Bewohner in der Regel ein und derselbe ist. Das Haus repräsentiert aber nicht nur die Familie, sondern auch ihre Stellung in der dörflichen Hierarchie.

Gerne würden auch wir ein Bauernhaus renovieren, doch ist das ein wirklich kostspieliges Unterfangen. Und das liegt vor allem daran, dass kein Einheimischer seine Familie verkauft, jedenfalls nicht, solange dessen Grundmauern noch stehen.

Ähnlich wie in meiner alten Heimat auch, bringt das Landleben einige Unannehmlichkeiten mit sich. Beim Ausbau des ÖPNV ist, um es mal diplomatisch zu formulieren, noch Luft nach oben. Die im Allgemeinen eher defizitäre Infrastruktur hat in unserem Dorf jedoch vor einiger Zeit eine erhebliche Verbesserung erfahren, und zwar durch den Anschluss an das Glasfasernetz. Seit wir im Dorf über ein Internet verfügen, das seinen Namen auch verdient, öffnete sich uns ein Tor zur Welt. Und so ist es nicht weiter verwunderlich, dass wir die Möglichkeiten des digitalen Zeitalters zu jeder passenden und unpassenden Gelegenheit nutzen.

Wir, das sind meine Frau und ich. Uns mit Kosenamen wie *Hasi* und *Mausi* zu titulieren, lehnen wir ab. Das trifft nicht den Kern. Sie ist *die beste Ehefrau von allen*, was in Zeiten monogamer Beziehungen erstmal nicht von der Hand zu weisen ist. Sodann verfügt diese Anrede seit Ephraim Kishons gleichnamigen Bestseller auch über einen literarischen Hintergrund, der dem Spitznamen eine gewisse Würde verleiht.

Ich bin *der Mann für alle Fälle*. Diesen Namen führe ich aber erst seit einigen Jahren, und wie es dazu kam, dass ich nicht mehr einfach bei meinem Vornamen gerufen wurde oder beim Streit wenigstens beim Nachnamen, das ist Gegenstand der folgenden Seiten.

Zusammen sind wir ein deutsch-baskisches Ehepaar, und das schon seit über 30 Jahren! In unserer unterschiedlichen Herkunft begründete abweichende Ansichten und Gewohnheiten führten bei Nachbarn, auf der Arbeit und sogar in der eigenen Familie schon mal zu Missverständnissen und Kopfschütteln. Doch wir nehmen es sportlich, und das ermöglichte es uns meistenteils, die besagten Differenzen als Inspiration und Bereicherung zu empfinden.

Wir sind beide berufstätig und das nicht nur aus der Notwendigkeit zur Finanzierung unseres alltäglichen Lebens heraus, sondern auch aus Überzeugung. Die beste Ehefrau von allen ist Sportmonitorin und führt Dorfbewohner aller Altersklassen mit Musikunterstützung in rhythmische Bewegungsabläufe ein. Ihr Hauptaugenmerk richtet sie dabei darauf, die Zahl der Verletzungen so gering wie möglich zu halten. Ich dagegen arbeite als Lehrer für Deutsch als Fremdsprache, und obwohl auch ich fast alle Altersklassen unterrichte, kommt es in meinem Unterricht eigentlich nie zu Unfällen. Zusammenstöße verbaler Art sind dagegen gewollt und werden sogar vom Lehrer provoziert.

IV. deutsche und baskische Kultur

Nach dem Liebesakt in der Waschmaschine fressen Socken ihre Partner auf. [x]

Regionale Kultur ist vor allem außerhalb der Großstädte anzutreffen. Meiner Meinung nach gilt das nicht nur für das Baskenland. Vergleichen wir doch Spaßes halber eine bayrische Landgemeinde mit dem Dorf, wo die beste Ehefrau von allen und der Mann für alle Fälle sich ihren Wohnsitz zugelegt haben. Zunächst einmal gibt es in beiden Orten Mehrsprachigkeit. Dreißig Fahrminuten von der Metropole Bilbao (München) entfernt beträgt der Anteil der Baskisch sprechenden (Bayrisch sprechenden) Bevölkerung plötzlich über 50 Prozent. Ja, hier (dort) spricht man außer der standardisierten Hochsprache auch noch eine Minderheitensprache (einen Dialekt), und bringt durch den Gebrauch derselben seine Zugehörigkeit zu einer besonderen Kultur zum Ausdruck.

Das bleibt nicht ohne Folgen für die politische Orientierung. So hat zum Beispiel der Begriff Nationalismus in einer baskischen (bayrischen) Landgemeinde eine völlig andere Bedeutung als in der spanischen (deutschen) Hauptstadt. Wenn wir diesem Umstand einen positiven Aspekt abgewinnen wollen, und das wollen wir, dann können wir resümieren, dass dadurch das politische Spektrum beträchtlich erweitert wird.

Viele Basken brüsten sich damit, von adliger Herkunft zu sein. Das hat etwas mit den baskischen Sonderrechten zu tun, den mittelalterlichen *Fueros*. Auch steht bei den Basken die Familientradition ganz oben. So verliert beispielsweise die Frau auf der Iberischen Halbinsel, anders als in angelsächsischen Ländern, ihren Geburtsnamen bei der Eheschließung nicht. Dadurch bewahrt sie sich etwas formale Eigenständigkeit. Das Problem beginnt mit den Kindern, denn die sind ja in der Regel das Produkt beider Elternteile und bekommen folgerichtig auch beide Nachnamen. Auf diese Weise ergibt sich innerhalb weniger Generationen eine lange genealogische Aneinanderreihung, was im Alltag unglaublich unpraktisch ist, das Selbstbewusstsein aber ganz außerordentlich putzt.

Nun kann es im Baskenland vorkommen, dass ein Ehepartner den anderen im Streit beim Nachnamen ruft. Das ist aber gar nicht abwertend gemeint, sondern hebt die Diskussion auf eine formalere Ebene. In Deutschland würde dieselbe Anrede die Diskussion dagegen wohl eher ins Lächerliche ziehen.

Den Höhepunkt der Selbstdarstellung bildet im Baskenland, wie in den meisten europäischen Kulturen wohl auch, der Fußball. In Bilbao schlafen auch erwachsene Anhänger des einzig wahren Clubs in weiß und rot gestreifter Bettwäsche, den Vereinsfarben ihres Fußballvereins. Im Fußball Unerfahrene werden regelmäßig darauf hingewiesen, dass die Vereinsfarben dieses Clubs Rot und Weiß sind und nicht umgekehrt. Mir erschließt sich erstens der Unterschied nicht und zweitens lehne ich es überhaupt ab, mit Fußballfans zu diskutieren. Das Wort Fan ist ja wohl eine Kurzform von Fanatiker, und die, die mich regelmäßig auf die unzutreffende Farbreihenfolge hinweisen, beweisen mir damit genau so regelmäßig die Richtigkeit der Herkunft des Wortes Fan. Der Gerechtigkeit halber muss ich jedoch darauf hinweisen, dass es in der Vereinshymne tatsächlich „*gorri ta zuria*", also „*rot und weiß*" heißt:

Athletic, Athletic, Athletic eup!
Athletic, gorri ta zuria danontzat zara zu geuria.
Herritik sortu ziñalako maite zaitu herriak
Gaztedi gorri-zuria zelai orlegian
Euskal Herriaren erakusgarria.
Zabaldu daigun guztiok Irrintzi alaia:
Athletic, Athletic zu zara nagusia.

Athletic, Athletic, Athletic, eup!
Athletic, rot und weiß, uns allen stehst du nah,
und weil du aus dem Volk stammst, liebt es dich.
Die rot-weiße Jugend auf dem grünen Spielfeld
repräsentiert das Baskenland.
Lasst uns unseren frohen Ruf verbreiten:
Athletic, Athletic du bist der Beste.

Im Athletic Club Bilbao spielen nur die Einwohner der südfranzösischen und nordspanischen baskischen Regionen, über deren exakte Zahl und genauen Grenzverlauf allerdings keine Einigkeit besteht. Diese selbstauferlegte Beschränkung auf lokale Fußballspieler könnte den Vorwurf des Rassismus laut werden lassen. Doch meiner Meinung nach ist der Athletic Club nicht rassistischer als andere Fußballclubs auch. Übrigens spielen derzeit mit Nico und Iñaki Willams zwei Schwarze überaus erfolgreich in den Reihen des *Athletic Club.*

Nico und Iñaki Williams [xi]

24

V. nicht zu übersetzende kulturelle Vielfalt

Niemand lügt so schamlos wie eine Waschmaschine, die behauptet, in einer Minute fertig zu sein. [xii]

In den meisten Lebensbereichen tun sich die baskische und deutsche Kultur gar nicht viel. Schließlich kann man ja auch in Deutschland gut essen gehen, zumindest wenn man Currywurst oder Leberkäse mag. Und auch Fußballclubs gibt es beiderorts wie Sand am Meer. Allerdings gibt es einen kulturellen Unterschied, dessen sich die Bewohner beider Regionen wahrscheinlich nicht bewusst sind, der nichts desto trotz sofort ins Auge springt, wenn man das Allerheiligste ihrer Wohnung betritt. Die Rede ist selbstverständlich von der Küche und ihrer Ausstattung mit Elektrogeräten.

Auf den ersten Blick sehen sich eine typische Küche im Baskenland und in Deutschland zum Verwechseln ähnlich. Zum Teil liegt das sicher auch daran, dass mittlerweile hier wie dort sowohl Kühlschränke als auch Dunstabzugshauben und Kochfelder von denselben großen Herstellern stammen. Was die weißen und silbernen Produkte angeht, so gleichen sich beide Küchen sehr, was die Anzahl dieser Geräte angeht, tun sie es aber nicht: Die baskische Küche weist nämlich exakt ein großes Küchengerät mehr auf: die Waschmaschine.

Viele Deutsche würden ihre Waschmaschine wahrscheinlich gar nicht als Küchengerät bezeichnen, schließlich steht sie ja normalerweise auch nicht in der Küche. Der bevorzugte Standort für Mutters Saubermacher ist der Keller, sofern die Behausung über einen solchen verfügt. Gibt es keinen Keller, der groß genug ist, dann kommt die Waschmaschine eben in das Badezimmer. In einer deutschen Küche ist dieses Elektrogerät dagegen eher nicht zu finden.

Damit ist es jedoch nicht genug. Das Deutsche besitzt sogar extra Wörter für den bevorzugten Standort der Waschmaschine, wie *Waschküche* oder *Waschkeller*. Und obwohl ihre einzelnen Bestandteile wie das Verb *waschen* oder das Substantiv *Keller* sowohl im Spanischen als auch im Baskischen existieren, ist das zusammengesetzte Substantiv *Waschkeller* in keiner dieser beiden Sprachen existent. Einen baskischen Waschkeller kann es ganz einfach deshalb nicht geben, weil die Waschmaschine ja in der Küche steht. Selbst in großen Häusern mit Keller kämen seine Bewohner gar nicht auf die Idee, ihren Waschvollautomaten aus der Küche zu verbannen.

Die Verortung der Waschmaschine in der Küche stammt zweifellos aus den Anfängen der maschinenunterstützten Kleiderreinigung. Denn bevor es elektrische Waschmaschinen gab, verfügten dieselben weder über einen eigenen Motor noch über eine Heizvorrichtung. Es bot sich also wegen der zum Waschen notwendigen Erwärmung des Wassers an, neben der Kochstelle, also in der Küche, zu waschen. Als dann später die elektrischen Waschmaschinen Einzug in unsere Küchen hielten, lag das sicher an den dort vorhandenen Anschlüssen für Wasser und Elektrizität.

Dann aber entwickelte sich Deutschland im Gegensatz zum Baskenland bezüglich des bevorzugten Standortes von Mamas Lieblingselektrogerät weiter. Den Kern dieser Kulturrevolution bildete die Verfrachtung der Waschmaschine in den Keller. Der Heizungskeller war hierfür die naheliegendste Alternative zur Küche, denn dort waren ja alle notwendigen Wasser- und Stromanschlüsse bereits vorhanden.

Bis zu der an den Heizungskeller angrenzenden Waschküche war es dann nur noch ein kleiner Schritt. Steht die Waschmaschine erstmal im Keller, dann ist es nicht weit bis zum Heizungs- oder Waschkeller, um bei Regen die Wäsche dort aufzuhängen. Sollte das Wetter es erlauben, die Wäsche draußen aufzuhängen, dann ist auch der Weg vom Keller in den Hof oder Garten meist kürzer als der von der Küche dorthin.

Jetzt könnte man argumentieren, dass ja der Weg vom Wäschekorb im Schlafzimmer bis in die Küche wesentlich kürzer sei als der bis in den Keller. Stimmt. Da frau sich mit der Wäsche auskennt, weiß sie aber, dass der entscheidende Unterschied im Gewicht liegt: Auch nach 1.200 Umdrehungen wiegt die frisch gewaschene Wäsche eben deutlich mehr als im trockenen Zustand, weshalb sich die Hausfrau den Umweg über die Treppe mit der nassen Wäsche auf dem Arm gern ersparen würde. Es geht also nichts über eine Waschmaschine im Keller, denn die einzige Alternative zum Waschkeller wäre es wohl, die Wäsche in der Küche aufzuhängen, und das scheint besonders in den Fällen wenig vorteilhaft, wo die Küche das soziale Zentrum der Wohnung bildet.

Doch Bequemlichkeit ist nicht das einzige Argument bei der Suche nach dem idealen Standort für den bedeutendsten Helfer der geplagten Hausfrau. Auch unter dem Gesichtspunkt der Sicherheit widerspricht das Aufstellen einer Waschmaschine in der Küche jeder Logik. Zwar verfügen mittlerweile viele Geräte zur Vermeidung eines Wasserschadens über eine Sicherheitsvorkehrung namens Aquastop, doch die meisten von uns haben trotzdem schon einmal so einen Unglücksfall von den Ausmaßen einer Naturkatastrophe erlebt. Wenn im Stockwerk unter der eigenen Wohnung dann auch noch Menschen leben, dann braucht man entweder eine wirklich gute Versicherung oder ein Flugticket in ein südamerikanisches Land ohne Auslieferungsabkommen.

VI. Internetexkurs #1 für Nichthausfrauen: Aquastop

Man muss kein Schlaumeier sein, um den Nutzen einer Sicherung gegen Wasserschaden zu erkennen. Wer aber noch nie einen Wasserschaden erlebt hat oder eben keine Hausfrau ist, kann zu diesem Thema gewissermaßen prophylaktisch einen Experten aus dem Internet konsultieren.

Aquastop – Funktionsweise

*„Sollten Sie schon einmal nichts ahnend nach Hause gekommen sein, um dann festzustellen, dass der Zulaufschlauch Ihrer Waschmaschine oder Ihres Geschirrspülers geplatzt ist und die halbe Wohnung unter Wasser steht, wissen Sie was ein **Aquastop**-Schlauch wert ist. Wenn man bedenkt, wie schnell Spülmaschine und Waschmaschine einen Schaden von mehreren tausend Euro verursachen können, und wie einfach man dem mit einem Sicherheitszulaufschlauch entgegenwirken kann, versteht man nicht, warum nicht alle Geräte mit einem Wasserstop ausgestattet sind. Gerade als Mieter sollten Sie ohnehin Ihr Gerät ausschließlich mit einem Aquastop-Schlauch betreiben, denn ohne Wasserstop bekommen Sie bei einem Wasserschaden mitunter Probleme mit der Versicherung, denn: 'Wenn ein Mieter den Zuleitungsschlauch einer Waschmaschine ohne zwischengeschaltete Aquastop-Vorrichtung mit einer Schlauchschelle am Hahn befestigt und diesen dann durchgängig geöffnet lässt, ohne ihn zu überprüfen, so*

handelt er grob fahrlässig, wenn ein Wasserschaden wegen des vom Hahn abgerutschten Schlauches eintritt.' (OLG Oldenburg, Urteil vom 5.5.2004 – 3 U 6/04 / WM 2005,587) So hat man nicht nur am Ende den Ärger mit Vermieter und Nachbarn und die Arbeit, sondern bleibt auch noch auf den Kosten sitzen." [xiii]

ein Aquastop-Schlauch [xiv]

VII. Wie man ein Gefühl für die Waschmaschine entwickelt

Ich habe jetzt mal absichtlich nur eine Socke gewaschen, um die Waschmaschine zu irritieren. [xv]

Nicht nur Frauen entwickeln eine emotionale Beziehung zu ihrer Waschmaschine. Auch bei Männern ist das so, doch sind die Art der Gefühle wie auch ihre Ursachen oft unterschiedlich. Ein Grund dafür kann im Unverständnis vieler Männer diesem Elektrogerät gegenüber liegen. In diesem Sinne sind die folgenden Zeilen auch ein Aufruf an alle Männer, ihre Berührungsängste vor der Waschmaschine über Bord zu werfen und einfach mal selber zu waschen.

Auch mein persönliches Verhältnis zur Waschmaschine war anfänglich von Unwissenheit und Desinteresse geprägt. Möglicherweise spielt in diesem Zusammenhang eine Rolle, dass Waschmaschinen nur selten aus Technikbegeisterung gekauft werden. Das jedenfalls behauptet ein Testbericht aus dem Internet. Demnach sei die Waschmaschine ein typisches Ersatzprodukt. Will sagen, eine neue kommt nur ins Haus, wenn die alte kaputt ist. Emotionen? Fehlanzeige! Papa ist stolz auf sein Auto, aber nicht auf Mamas Waschmaschine.

Bei uns zu Hause war das anders: Muttern bediente die Waschmaschine, und auf ihr liebstes Haushaltsgerät war sie mächtig stolz, und zwar so stolz, dass sie keinen Anderen an ihre geliebte Waschmaschine ran ließ. Um ihr Verhalten nachvollziehen zu können, ist ein Blick zurück auf die Entstehungsgeschichte der Suaber-macher dienlich.

Bis ins 20. Jahrhundert hinein wurden Waschmaschi-nen noch überwiegend aus Holz gebaut und konnten die Wäsche lediglich in der Waschlauge hin und her bewegen. Sie waren mit zwei Holzrollen ausgestattet, mit denen die Hausfrau das Wasser aus der Wäsche pressen konnte. Erst sehr viel später lernten die Wasch-maschinen auch das Wasser zu erhitzen und die Wäsche durch Schleudern zu trocknen.

In den 1950er Jahren dann kam die erste vollauto-matisierte elektrische Waschmaschine auf den Markt, die berühmte Constructa. Sie sah noch nicht ganz wie eine heutige Waschmaschine aus, was ihr Spitzname „Riesen-Baby" schon andeutet, doch - und auch dafür sei ihre Spitzname als Beleg angeführt - die emotionale Bindung war von Anfang an gegeben. Die Constructa verfügte bereits über das für Waschmaschinen so charakteristische Bullauge, konnte das Wasser erhitzen und sodann die Wäsche in mehreren Gängen waschen, spülen und schleudern. Und obwohl sie selbst nie eine Constructa besessen hat, hatte Muttern diese Entwick-lung doch miterlebt; und das erklärte ihren Stolz und ihre Dankbarkeit gegenüber dem technischen Fort-schritt, als sie Jahre später ihre erste eigene Waschma-schine in Betrieb nehmen durfte.

Sei es drum, als Kind hatte ich nicht den leisesten Schimmer, wie so eine Waschmaschine funktionierte; und das änderte sich erst, als ich begann, diese Zeilen niederzuschreiben. Und damit auch der geehrte Leser etwas davon hat, füge ich von Zeit zu Zeit Exkurse für

Nichthausfrauen mit wichtigen Informationen aus dem Internet bei.

Als Kind war ich in erster Linie dankbar für die Existenz von Waschmaschinen, denn ich begriff, dass mein Lieblingspullover schmutzig da rein kam und sauber wieder raus; außerdem roch er nach dem Waschen deutlich besser als vorher. Mein Verhältnis zur Waschmaschine war also eher nüchtern und zweckorientiert. Die Geheimnisse hinter dem Bullauge waren mir nicht zugänglich. Dazu fehlten mir als Kind sowohl das technische Verständnis als auch das Interesse. Möglicherweise ist das teilweise auch darauf zurückzuführen, dass ich nie zu den Jungen gehörte, die wie im Trance vor der Waschmaschine saßen, um „mechanische Bewegungen in Schaum" zu beobachten, gleich so als ob es sich bei der Waschmaschine um einen Fernseher handelte. Wir hatten nämlich Fernsehen zu Hause.

Mit den Jahren verlor der Waschautomat für mich auch noch den letzten Rest seiner Magie. Der Grund dafür war, dass ich mir als Student mein Auskommen durch Möbeltransport verdiente, und so entwickelten die Waschmaschine und ich eine eher physische Beziehung zueinander. Hier muss ich anfügen, dass Waschmaschinen in den 80er Jahren noch bedeutend schwerer waren als heute. Während die Saubermacher heute um die 80 kg wiegen, waren es damals meist auch dann noch über 120 kg, wenn man die Betongewichte ausgebaut hatte, die dem Oschi auch im Schleudergang einen sicheren Stand garantierten.

Der erste deutsche 5-kg-Waschautomat
»PFENNINGSBERG UNIVERSAL«

Der erste Waschautomat für gewerbliche Wäschereien unter Berücksichtigung der europäischen Wäscheverhältnisse.

Fassungsvermögen 5 kg

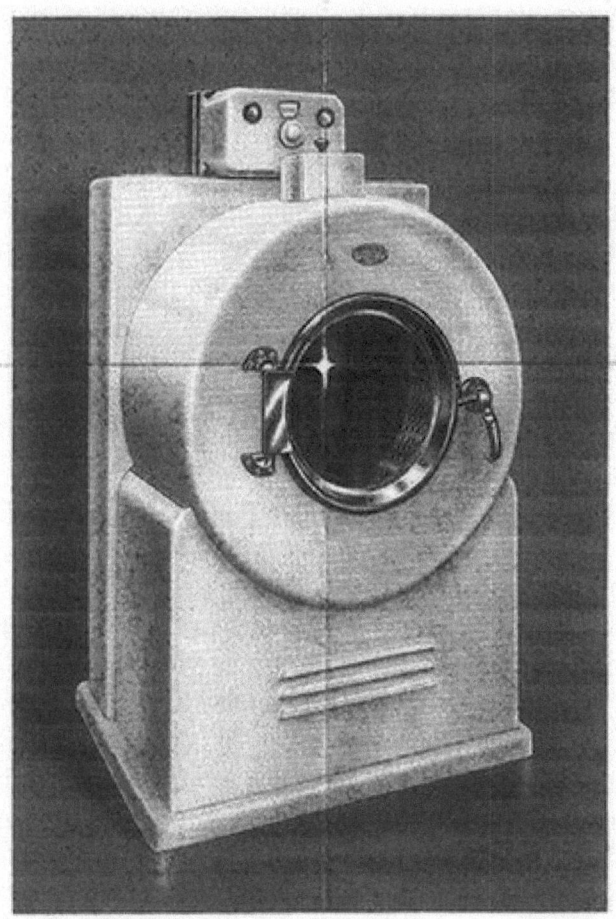

die Constructa [xvi]

Für zwei geübte Möbelträger mit einem Tragegurt stellt das normalerweise trotzdem keine große Herausforderung dar. Einmal allerdings fand auch ich meinen Meister. Der Umzug einer *Miele Deluxe 121* gestaltete sich etwas schwierig. Einerseits war dies die schwerste Waschmaschine, die ich je transportieren durfte. Andererseits mussten wir sie aus einem Kellerraum holen, in dem man wegen seiner geringen Deckenhöhe nicht aufrecht stehen konnte. Dieser Transport hatte schon etwas Traumatisches an sich und verbesserte mein persönliches Verhältnis zur Waschmaschine nicht.

Nach Beendigung meines Studiums war es mit dem Möbelpacken vorbei, denn ab sofort arbeitete ich als Deutschlehrer im Baskenland. Meine Beziehung zu Waschmaschinen änderte sich dadurch schlagartig: Ich begrub meinen Groll und entwickelte eine rein didaktische Beziehung zu ihnen. Fortan hob ich sie nicht mehr in die Luft, sondern benutzte die Namen verschiedener Waschmaschinenhersteller im Phonetikunterricht zum Üben der richtigen Aussprache.

Den Anfang machte immer eine *AEG*. Ich zeigte sie meinen Deutschschülern zunächst als Bild, um einen praktischen Bezug herzustellen, und fokussierte dann in einem zweiten Bild auf den Schriftzug. Zunächst sollten die Schüler lediglich einzelne Buchstaben auf Deutsch aussprechen, also *A* [aː], *E* [eː] und *G* [ˈgeː]. Sodann ging es zunächst mit dem Rest des Alphabets weiter. Sobald sie das konnten, kam eine *Bosch* [ˈbɔʃ] an die Reihe. Hier bereitete die korrekte Aussprache des *Sch* Schwierigkeiten.

„Das ist eine Boss."

„Nein, *Boss* ist *maskulin. Es heißt entweder:* ´Das ist ein Boss´ *oder* ´Das ist eine Bosch´.

Zum besseren Verständnis schrieb ich beide Wörter, *Boss* und *Bosch*, mit ihrem bestimmten Artikel und der dazugehörigen Lautschrift an die Tafel. Es half aber nichts:

„*Das ist eine Boss.*"

Diese Ausspracheschwierigkeiten machten Ausführungen über die verschiedenen S-Laute in unterschiedlichen Buchstabenkombinationen erforderlich: *s, ss, st, sp, sch, z, tz* und *ß*. Das dauerte eine Weile, aber irgendwann ging es mit *Miele* ['mi:lə] weiter, um das lange *I* und das stumme *E* in der Mitte sowie das *E* als *Schwa* [ə] am Ende eines Wortes zu üben. Es folgte ein Exkurs über kurze und lange Vokale. Und als das auch klappte, kombinierten wir das lange *I* und das stumme *E* mit dem stimmhaften *S* am Anfang und dem scharfen *S* am Ende des Wortes *Siemens* ['zi:məns]. *Bauknecht* sei dank lernten wir dann auch noch die Diphthonge und die korrekte Aussprache des deutschen *Ch*.

Wahrscheinlich hassen meine Schüler nun deutsche Waschmaschinen. Ungeachtet dessen durchliefen diejenigen meiner Zöglinge, die den Phonetikunterricht im ersten Jahr (A1) unbeschadet überstanden hatten, die folgenden Niveaustufen (A2, B1, B2 und C1) dann in der Regel problemlos.

Obwohl es vielleicht so aussieht, liegt es mir fern, mich über die Fehler meiner Sprachschüler lustig zu machen. Im Gegenteil, ich bin mir bewusst, dass auch ich denselben Prozess der Aneignung einer fremden Aussprache durchlaufen musste. Ein Beispiel gefällig?

Ich lebte bereits ein Jahr in meinem neuen Wohnort, als ich mir besagten Prozesses schlagartig bewusst wurde. Immer wenn ich die Dorfkneipe betrat, brachen alle Gespräche urplötzlich ab und es wurde ganz still. Zunächst dachte ich mir nichts dabei und bestellte gewohnheitsmäßig einen Apfelwein:

„Una sidra, por favor."

Obwohl das, was nun im Anschluss geschah, sich so schon etliche Male zuvor ereignet hatte, war es mir bis zu diesem Augenblick nie aufgefallen: Die Wirtin hatte mich wohl nicht verstanden und ließ mich meine Bestellung wiederholen. Die erneute falsche Aussprache des Wortes sidra ['siðra] legte ein süffisantes Lächeln auf die Gesichter der anwesenden Bauern und Lastwagenfahrer. Da wurde mir klar, die Wirtin war gar nicht schwerhörig, sondern eine *Pícara*, die um die Unterhaltung ihrer Gäste bemüht war.

Zu meinem Leidwesen muss ich eingestehen, dass ich bis auf den heutigen Tag meine Schwierigkeiten mit dem rollenden spanischen *R* habe. Mittlerweile unterbrechen die Stammgäste der Dorftaverne ihre Unterhaltungen aber trotzdem nicht mehr, wenn ich eintrete. Denn nunmehr bestelle ich halt statt *„una sidra"* oder *„una cerveza"* lieber *„un vino tinto"* oder *„una taza de café"*. Kein rollendes *R*, kein Problem.

VIII. Der Hipster wäscht im Waschsalon!

„Waschsalons übten immer einen Zauber auf mich aus. Vielleicht lag es an der Reihe von Maschinen, die eine saubere Welt verhießen oder es lag an der hypnotischen Rotation sich drehender Kleidung auf ihrer schaumigen Reise in eine flauschige, fleckenfreie Zukunft. Eine Augenweide." [xvii]

(Young Sheldon)

Wer Wäsche waschen will, hat eigentlich nur zwei Alternativen: zu Hause waschen oder im Waschsalon. Letztere gibt es seit Ende der 50er Jahre. Damals wählte frau noch zwischen folgenden drei Alternativen: die Wäsche zu Hause von Hand zu waschen, sie in eine Wäscherei zu bringen oder eben mit der Schmutzwäsche unterm Arm einen Waschsalon aufzusuchen. Zwar gab es auch bereits Waschmaschinen für den Privathaushalt, doch die waren für die Mehrheit der Familien noch zu teuer.

Heute sind Waschmaschinen erschwinglich und deshalb verfügen auch 19 von 20 Haushalten über eine eigene Waschmaschine. Da es aber nur 19 und nicht 20 sind, stellt sich mir die Frage: Was um Himmels willen kann einen Menschen dazu bringen, seine dreckigen Unterhosen vor den Augen seiner Mitmenschen zu waschen?

Ein Grund könnte sein, dass das Waschen im Waschsalon billiger als mit der eigenen Maschine zu Hause ist. Nun, das lässt sich klären. In Deutschland kostet das Waschen im Waschsalon zwischen 2,50 und 3,50 €. Bei

Benutzung einer Industriewaschmaschine mit entsprechend mehr Fassungsvermögen kann der Preis für einen Waschgang auch schon mal 10 € übersteigen. Der verehrte Leser hat es schon geahnt, auch zu dieser Kosten-Nutzen-Kalkulation gibt es Informationen im Internet:

„Im Waschsalon zahlt der Kunde in der Regel etwa drei Euro je Wäsche. Die Benutzung des Trockners kostet in meinem Waschsalon ebenfalls drei Euro je Zeitstunde. Ich gehe einmal pro Woche waschen, eine Ladung, danach 20 Minuten Trocknung. Das kostet mich je Woche 3 Euro plus 2 mal 50 Cent, ergibt 4 Euro. Pro Jahr sind das 208 Euro.

Wenn ich selbst wasche, muss ich mir selbst eine Waschmaschine und einen Trockner anschaffen. Ordentliche Waschmaschinen gibt es schon ab 300 Euro. Wenn wir von einer Laufzeit von 10 Jahren ausgehen, dann ergeben sich Kosten von 57 Cent pro Woche. Laut Forum-waschen kommen dazu Energiekosten von 40 bis 50 Cent je Wäsche, ergibt insgesamt etwa einen Euro. Was Trockner angeht, rechnen wir ebenfalls mit 300 Euro. Bei 10 Jahren Nutzungszeit und einer Nutzung pro Woche erhalten wir wie bei der Waschmaschine Kosten von 57 Cent in der Woche. Dazu kommt der Energieverbrauch von 50 Cent je Trockenvorgang. Das ergibt 1,10 Euro in der Woche.

Insgesamt ergeben sich bei Heimwäsche Kosten von 2 Euro in der Woche. Der Preisaufschlag im Waschsalon liegt demnach bei 100 Prozent. Der Nachteil der Heimwäsche: Die Waschmaschine und der Trockner müssen zunächst einmal finanziert werden. Also 600 Euro vorab auf den Tisch.“ [xviii]

Außer den Kosten muss der Faktor Bequemlichkeit bedacht werden, denn wer läuft schon gern mit dem Wäschebeutel durch die Innenstadt? Damit spricht bisher alles für das Waschen zu Hause. Es muss also noch einen anderen Grund geben, weshalb Menschen den Waschsalon aufsuchen. Beginnen wir also wieder einmal mit der Konsultation unserer Internetenzyklopädie. *Wikipedia* beschreibt den Waschsalon wie folgt:

„Ein Waschsalon ist ein Wirtschaftsbetrieb, der seinen Kunden gegen Bezahlung die Räumlichkeiten und die Maschinen zum Waschen, Schleudern, Trocknen und teilweise auch Glätten von Kleidung zur Verfügung stellt. Die meisten Waschsalons sind zur Selbstbedienung mit Kassenautomaten ausgestattet, diese werden daher auch Münzwäschereien genannt." [xix]

Waschsalons sehen eigentlich überall auf der Welt gleich aus: Wer glaubt, im Waschsalon läge weißes Pulver auf dem Boden und leere Waschmittelkartons stapelten sich auf dem Gehsteig davor, der irrt. Meist gibt es einen zentralen Münzautomaten, über den die einzelnen Maschinen angesteuert werden: Man öffnet, befüllt und schließt die Waschmaschine, wählt ein Programm und bezahlt. Mit dem Waschpulver kommt der Benutzer dabei gar nicht in Berührung. Alle notwendigen Zusätze werden nämlich automatisch aus einem hinter den Maschinen versteckten Technikraum zugeführt. Wenn Sie also auf dem Boden des Waschsalons weißes Pulver sehen, dann handelt es sich dabei wahrscheinlich gar nicht um Waschpulver.

Ein weiterer Unterschied zum Waschen zu Hause ist die Größe der Waschautomaten. Während die moderne

Waschmaschine in Privathaushalten mittlerweile oft über eine Ladekapazität von 7 bis 8 kg verfügt, besitzt die Industriemaschine des Waschsalons ein doppelt so großes Fassungsvermögen. Wer zum Beispiel einmal einen Teppich reinigen musste, weiß das durchaus zu schätzen. Die Teppichreinigung erklärt allerdings nicht den regelmäßigen Besuch dieser Salons, und hier kommen wir auf die soziale Komponente des Waschens außer Hauses zu sprechen.

Die bequemen Sitzgelegenheiten sowie die in jedem Waschsalon obligatorischen Getränkeautomaten deuten an, dass der Betreiber seine Kunden durchaus zum Verweilen bewegen möchte. Warum aber bleiben einige Besucher von Waschsalons bis zum Ende des Waschgangs freiwillig dort sitzen? Da man zum Stehlen von Industriewaschmaschinen schweres Gerät braucht, hat das stundenlange Verweilen der Kunden im Waschsalon wohl kaum den Zweck, die Maschinen zu bewachen. Dass jemand gebrauchte Wäsche stiehlt, ist dagegen zumindest eine Möglichkeit, die wir in Betracht ziehen sollten. Auf die Frage, ob man im Waschsalon warten muss, bis der Waschgang beendet ist, lautet die Antwort *Nein*:

„Jedoch bevorzugen viele Menschen dies zu tun, denn ob ihr es glaubt oder nicht, Wäschediebe gibt es wirklich." [xx]

Bizitza erraztu egiten dugu. - Wir erleichtern das Leben.
Slogan eines Waschsalons in Durango (Bizkaia)

Wenn ich die Existenz von Wäschedieben trotz ausgie-
biger Recherche auch nicht widerlegen kann, so überzeugt sie mich doch nicht völlig. Es muss noch einen
anderen Grund zum Verweilen im Waschsalon geben.
Und den gibt es tatsächlich. In Waschsalons sitzt man
hinter Schaufensterscheiben. Frei nach dem Motto
„sehen und gesehen werden" liegt die Ursache für das
öffentliche Waschen möglicherweise in der exhibitionis-
tischen Veranlagung seiner Besucher.

43

Nun, zu den typischen Besuchern von Waschsalons gehören nicht nur Junggesellen, sondern auch alleinerziehende Mütter. Manchmal sieht man sogar durch die Schaufensterscheiben hindurch Junggesellen mit alleinerziehenden Müttern flirten! Sowohl den Junggesellen als auch den meisten alleinerziehenden Müttern ist es offenbar egal, dass die Nachbarn denken könnten, sie wären finanziell nicht in der Lage, sich eine eigene Waschmaschine zuzulegen. Nun, in mehr als einem Fall dürfte das ja auch zutreffen. Jedenfalls schafft das öffentliche Waschen soziale Kontakte und der Waschsalon wird so zum Treffpunkt für Singles und moderne Kleinfamilien. Und genau hier liegt der eigentliche Unterschied des öffentlichen Waschens gegenüber der Heimversion. Oder wie es der Besucher eines Waschsalons formulierte:

„Eigentlich gehe ich ganz gern in den Waschsalon. Man trifft so oft noch mal andere Leute und kommt so 'n bisschen raus aus dem üblichen Alltag." [xxi]

„'n Waschsalon ist auch 'n guter Treffpunkt für Leute. Also in den vier Jahren haben sich schon zwei Paare hier getraut. Die haben sich hier kennengelernt und haben geheiratet. Wär' nun vielleicht 'n Gag gewesen, wenn sie auch hier drin geheiratet hätten." [xxii]

Öffentliches Waschen bricht mit althergebrachten Traditionen und symbolisiert daher wie kaum ein anderes Verhalten den urbanen Lifestyle von heute:

Der Hipster wäscht im Waschsalon!

IX. der Grauschleier

Die Minute, die die Kaffeemaschine braucht, um den ersten Kaffee des Tages zu produzieren, fühlt sich ungefähr so lang an wie die letzte Minute der Waschmaschine. [xxiii]

Wie frau richtig wäscht, kann man im Waschsalon lernen:

„Die Wäsche sollte farblich sortiert gewaschen werden. Denn weiße oder helle Wäsche könnte sonst einen sogenannten „Grauschleier" bekommen, also schmutziggrau aussehen, oder sich gar ganz verfärben." [xxiv]

Dabei bin ich immer davon ausgegangen, dass der Grauschleier eine Erfindung der Waschmittelindustrie sei. Das ist er scheinbar aber nicht, denn den Grauschleier gibt es wirklich.

"Fort mit dem Grauschleier" (Fakt, 1968) [xxv]

45

Ein Grauschleier liegt vor, wenn Textilien alt aussehen, weil sie ihre Farbkraft verloren und dafür einen
Graustich angenommen haben. Dazu kommt es, wenn
die Schmutzpartikel der dreckigen Wäsche nicht in der
Waschlauge festgehalten werden und mit dem Spülwasser abfließen, sondern sich wieder auf die Wäsche über-
tragen. Die so ergraute Wäsche bekommt dann den
Grauschleier, das Worst-Case-Szenario der Wäsche wa-
schenden Hausfrau.

*„Auch auf die Faser muss geachtet werden. Handelt
es sich um eine Kunstfaser, Seide oder gar Wolle? Woll-
pullover zum Beispiel können eingehen, ihre Größe
verringern, und verfilzen, wenn sie mit einer zu hohen
Temperatur gewaschen werden."* [xxvi]

Waschinformationen auf den Etiketten der Kleidungsstücke erleichtern das richtige Waschen. Für Frauen
sind diese Symbole selbsterklärend, für Männer kommt
hier eine kurze Einführung.

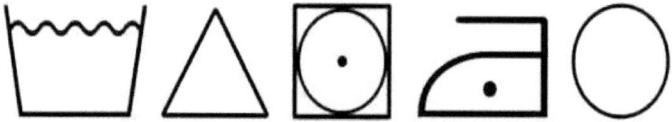

Diese nur auf den ersten Blick lustigen Bildchen
heißen offiziell *Textilpflegesymbole* und werden seit
1958 durch das Madrider Abkommen markenrechtlich
geschützt. Das Symbol Nr. 1 (links) ist der **Bottich** und
steht fürs Waschen. In ihm erscheint die erlaubte
maximale Temperatur, bei der dieses Kleidungsstück
gewaschen werden darf. Ist der Bottich durchgestri-
chen, dann ist das Textil nicht für das Waschen in der

Waschmaschine geeignet. Erscheint eine Hand im Bottich, muss es von Hand gewaschen werden. Ist der Bottich nicht unterstrichen, kann das Textil in der Maschine geschleudert werden. Bei einfacher Unterstreichung des Symbols kann schonend geschleudert werden, bei doppelter sollte gar nicht geschleudert werden. Das **Dreieck** steht fürs Bleichen, das **Quadrat** mit Kreis fürs Trocknen, das **Bügeleisen** fürs Bügeln und der **Kreis** für die chemische Reinigung.

Die Tatsache, dass auch ansonsten technisch weniger begabte Frauen durch ihren täglichen Umgang mit der Wäsche die letzten beiden Absätzen getrost vernachlässigen konnten, dagegen selbst technisch bewanderte Männer die Materie auch nach mehrmaligem Lesen noch nicht beherrschen, stellt die althergebrachten sozialen Verhältnisse in puncto Technikaffinität auf den Kopf. Ganz so, wie es die Gruppe *BAP* in ihrem Lied *Waschsalon* beschreibt:

Ich jonn su unwahrscheinlich jähn
met dir enn der Waschsalon
Weil du häss Ahnung vun dä Technik
vun der ich nix verstonn

Ich maach ding Aure und ding Leppe un ding Naas
und ding Frisur
Vum decke Zieh bess zo de Fingerspetze
fahr ich ab op ding Fijur
Doch wat mich intensiv zom Staune bringk,
ess wirklich ein Saach nur

Su wie du optritts enn däm Laade un direk
en leer Maschin entdecks
Un die Jebrauchsahnweisung nevvenbei
met einem Bleck affchecks
Dozo kann ich nur saare: "Frau, dat hätt Format,
ich benn perplex!"

Dat Kleinjeld, wat mer bruuch,
dat hässte selvsverständlich längs parat
Ich dunn die Wäsch drin, du die Knete,
dann rotiert dä Lavamat
Dat dat nit weltweit övver Satellit jesendet weed,
ess wirklich schad!

Ich jonn su unwahrscheinlich jähn
met dir enn der Waschsalon
Weil du häss Ahnung vun dä Technik
vun der ich nix verstonn

Die Schleuder törnste ahn, bess dat dat Ding
de Welt ni' mieh versteht
Ich flippe uss, wenn ich mer ahnluhr,
wie't em Trockner wiggerjeht
Die Mangel pack et ni' mieh un behauptet: "Büjelfrei"
Dat kriej ich wirklich nit jerejelt, Frau, dat jrenz ahn
Zauberei

Ich jonn su unwahrscheinlich jähn
met dir enn der Waschsalon
Weil du häss Ahnung vun dä Technik
vun der ich nix verstonn

X. der schönste Ort der Welt

Die Waschmaschine zeigt an, dass sie in zwei Minuten fertig ist, also habe ich entschieden, kurz zu warten. Nach fünf Minuten Wartezeit zeigt sie noch eine Minute an und ich bin mir jetzt absolut sicher, dass die Deutsche Bahn ins Waschmaschinengeschäft eingestiegen ist. [xxvii]

Warum auf der Iberischen Halbinsel Waschmaschinen in Privathaushalten grundsätzlich in der Küche stehen, ist mir immer noch schleierhaft. Dort nehmen sie Platz weg, der doch für Töpfe und Pfannen dringend benötigt wird. Klar, wenn eine Frau mit ihrer vierköpfigen Familie im zehnten Stock in einer Mietwohnung auf 75 qm wohnt, dann stellt sich ihr die Frage nach dem idealen Standort der Waschmaschine natürlich nicht. Die hat ganz andere Probleme und ist vielleicht schon zufrieden, wenn sie sich erstens überhaupt eine Waschmaschine leisten kann und zweitens auch noch über den Platz verfügt, um sie aufzustellen. Doch gerade in unserem baskischen Dorf ist der Wohnraum vergleichsweise günstig zu haben, und trotzdem kommt keiner auf die Idee, die Waschmaschine aus der Küche zu verbannen. So war zunächst auch in unserem Haus der übliche Standort in der Küche vorgesehen.

Es waren endlose Diskussionen mit dem Bauunternehmer notwendig, bis er sich bequemte, die theoretische Möglichkeit eines alternativen Waschmaschinenstandortes überhaupt ernsthaft in Erwägung zu ziehen. Platz gab es im Heizungskeller genug, doch waren die Abflussrohre bereits verlegt und die im Heizungskeller hatten einen zu geringen Durchmesser. Widerwillig musste ich zugeben, dass der Durchmesser des Abflussrohres aus dem Heizungskeller wenigstens so groß wie der des Abflussschlauches der Waschmaschine sein sollte. Andernfalls wäre ein Brauchwasserrückstau wohl kaum zu vermeiden gewesen. Gezwungenermaßen stellten wir daher unsere Waschmaschine in der Küche auf, denn damals wollte ich in unserem Neubau nicht schon vor dem Einzug einen Umbau in Angriff nehmen. – Ein krasser Fehler, wie sich später noch herausstellen sollte.

Die beste aller Ehefrauen wusste mich zu trösten. Zwar konnte auch sie, die sonst immer alles kann, das Abflussrohr aus dem Heizungskeller nicht durch Zauberei vergrößern, doch sie versprach, dass man die Waschmaschine später hinter den Furniertüren der Küchenunterschränke gar nicht sehen würde. Zwar verkürzte das nicht den Weg von der Waschmaschine bis zur Wäscheleine und auch im Falle eines Wasserschadens würde das nur wenig helfen, aber:

„Unsere Küche so groß, dass wir den Extraplatz gar nicht brauchen."

Wie viele andere Küchen auch ist unsere eine Küchenzeile in L-Form, die sich durch gleich mehrere Merkmale auszeichnet. Zum einen hat das L in unserem Fall mit vier Metern eine sehr lange längere Seite. Die Arbeitsplatte ist aus anthrazitfarbenem Granit und unglaubliche drei Zentimeter dick. Zum Polieren musste der Schleifer sie einmal horizontal drehen, weil seine Schleifmaschine keine so langen Platten am Stück schleifen konnte.

Das dunkle Eichenfurnierholz der Einbauschränke bildet einen deutlichen Kontrast zu ihren silberfarbenen, matten Griffen. Letztere sind aus gebürstetem Edelstahl und eigentlich viel zu schön, um sie anzufassen.

Auch bei den Elektrogeräten wurde nicht gespart. Und das taten wir weniger deshalb, weil die Küche der Versammlungsort ist, wo wir uns nach getaner Arbeit zum Abendessen versammeln, sondern viel mehr weil sie der Ort ist, wohin die Nachbarin zum Kaffee und die Freunde zum Kartenspielen eingeladen werden. Ja, hier zeigt sich, wer du bist und was du hast. Bei uns heißt es nicht:

„Meine Jacht, mein Haus, ... meine Familie!",

sondern:

„Mein Ceranfeld, mein Kühlschrank, ... meine Waschmaschine!"

Deutsche Küchengeräte stehen hier hoch im Kurs. Da sollte man erwarten, dass sie deren Namen auch halbwegs richtig aussprechen können. Tun sie aber nicht. Bei *Bosch* kannst du noch erahnen, was sie meinen; bei *Liebherr* kannst du dich noch so sehr anstrengen, du kommst einfach nicht drauf! Da nützt es dann auch nichts, wenn sie dasselbe Wort immer wieder gleich falsch aussprechen, nur eben bei jedem erneuten Versuch etwas lauter.

Sei es drum. Unsere Glaskeramikkochplatten reagieren so empfindlich auf jede Art von Berührung wie ich auf die falsche Aussprache deutscher Wörter. Sie sind derart sensibel, dass du sie manchmal noch nicht einmal berühren musst, damit sie an- oder ausgehen. Das klingt gefährlich, ist es aber nicht. Unser Herd verfügt nämlich über Induktionskochfelder. Fingerverbrennen beim Kochen gehört somit der Vergangenheit an. Das zumindest behauptet der Experte aus dem Internet:

XI. Internetexkurs #2 für Nichthausfrauen: Induktionskochfelder

„Während Elektro-, Gas- oder Cerankochfelder warm werden, indem Metalldrähte unter der eigentlichen Herdplatte aus Eisen oder Glaskeramik durch Zufuhr von Energie zum Glühen gebracht werden, funktionieren Induktionskochfelder nach einem völlig anderen physikalischen Prinzip: Hier wird das Phänomen der elektromagnetischen Induktion, nach dem bei Änderung des Magnetflusses ein elektrisches Feld entsteht, zur intelligenten Erwärmung genutzt.

Unter der Herdplatte aus Glaskeramik ist eine Induktionsspule angebracht, die nach Anschalten der Kochplatte von hochfrequentem Strom durchflossenen wird. Dieser Wechselstrom erzeugt in der Induktionsspule ein schnell wechselndes Magnetfeld, das bis etwa 0,1 mm in den Topfboden abstrahlt. Dort verursacht das magnetische Wechselfeld eine elektrische Spannung, aus der ein Induktionsstrom (Wirbelstrom) entsteht. Dieser Strom erwärmt den Topfboden sehr schnell und danach „ganz normal" das Kochgut.

Der entscheidende Unterschied ist, dass hier durch die zugeführte Energie nur der Topfboden und nicht die Glaskeramikplatte erwärmt wird. Irgendwann kommt es zwar auch zur Erwärmung der Keramikplatte, aber nur mittelbar durch den Topfboden, genauso wie auch Gemüse und Co. erwärmt werden. Weil sich ein magnetisches Wechselfeld nur in magnetisches Material ausbreiten kann, werden auf dem Induktionskochfeld nur Topfböden aus magnetischem Stahl und Eisen warm." [xxviii]

Das ist aber noch nicht alles! Der Hingucker waren damals, als wir unsere Küche einrichteten, Schubladen mit Selbsteinzug. Heute hat das jeder, aber vor 25 Jahren war das dermaßen futuristisch, dass dem System sogar ein englischer Name gegeben wurde. Und ja, um es gleich vorweg zu nehmen, anders als bei den Waschmaschinen, denen ich schon als Kind nicht viel abgewinnen konnte, war ich von den Schubladen mit Selbsteinzug von Anfang an fasziniert und konnte es nicht unterlassen, sie immer wieder auf und zu zu machen. Wer ist bloß auf eine derart geniale Idee gekommen? Also suchte ich nach weiteren Informationen:

Prinzipdarstellung des induktiven Kochens

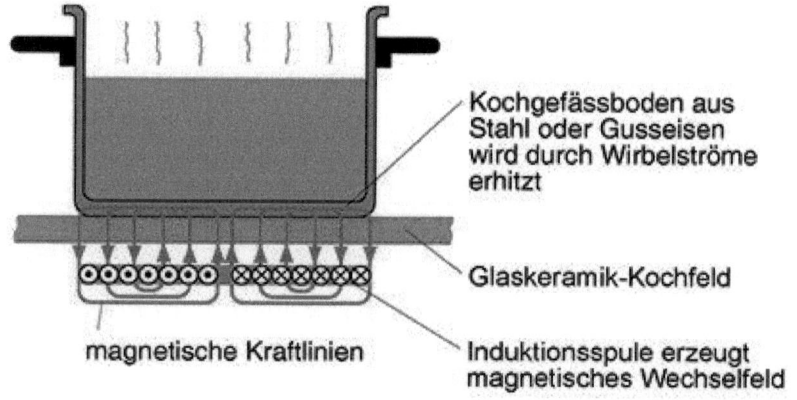

Kochgefässboden aus Stahl oder Gusseisen wird durch Wirbelströme erhitzt

Glaskeramik-Kochfeld

magnetische Kraftlinien

Induktionsspule erzeugt magnetisches Wechselfeld

Induktionsprinzip [xxix]

XII. Internetexkurs #3 für Nichthausfrauen: Soft Close

„Möbel- und Küchenhersteller statten ihre Produkte immer öfter mit dem sogenannten Soft-Close-System aus. Darunter versteht man eine Dämpfungstechnik für Türen und Schubladen, damit diese geräuschlos und sanft schließen. – Letzteres bedeutet der englische Begriff übersetzt. Das System wird oft auch als Selbsteinzug bezeichnet. Die Technik findet auch in anderen Branchen Anwendung. Autohersteller statten unter anderem ihre Türen mit Soft Close aus, damit sie sich schließen lassen, wenn wenig Platz zum Schwungholen gegeben ist – beispielsweise in engen Parklücken. Es gibt zudem WC-Sitze mit Soft-Close-System. Dort wird es meist als Absenkautomatik bezeichnet.

Soft-Close-Schubladen sind mit einer Feder und einer Dämpfung ausgestattet. Öffnen Sie zum Beispiel die Schublade, spannt sich einerseits die Feder und andererseits fährt die Dämpfung aus. Wenn Sie sie wieder schließen, entspannt die Feder und die Dämpfung verlangsamt automatisch den Schließvorgang. Dabei zieht sich die Schublade bis auf den letzten Zentimeter von alleine ein. Auf diese Weise wird verhindert, dass Schubfächer und Türen mit einem lauten Knall zufallen und auf Dauer das Holz beschädigen." [xxx]

So also sah das Paradies aus. In unserer Küche war alles wunderschön und funktional, nur eben der Standort unserer Waschmaschine nicht. Doch da sie hinter zwei extragroßen Unterschranktüren verschwand, lud ihr Anblick auch nicht zur Diskussion ein, wenn wir uns mit Freunden in der Küche zum Kaffeetrinken oder

Kartenspielen trafen. Außerdem: Alle unsere Freunde hatten ihre Waschmaschine ja ebenfalls in der Küche stehen. Weshalb sollten wir ihren Standort also diskutieren?

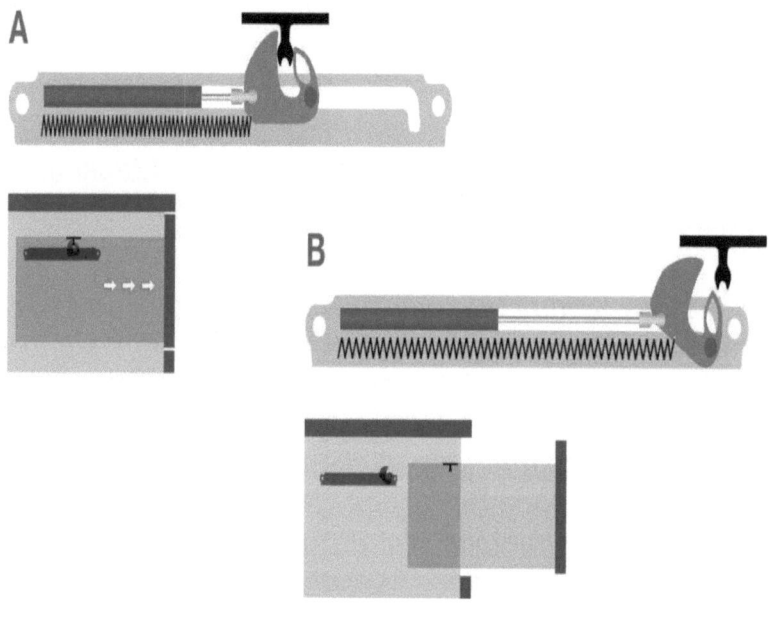

Soft-Close [xxxi]

XIII. von Waschmaschinen und Geschirr-spülern

Eure Waschmaschine schluckt Socken? Das ist doch noch gar nichts! Meine tauscht Jeans in kleinere Größen. [xxxii]

Die beste aller Ehefrauen und ich praktizieren Arbeitsteilung. Was sich anhört wie Emanzipation, ist doch letztendlich nichts Anderes als die Resignation vor der Realität: Sie war nicht bereit, alle Arbeit im Haus alleine zu machen, und ich scheiterte regelmäßig bei dem Versuch, ihr zu helfen, sobald die Tätigkeit etwas anspruchsvoller als Staubsaugen war. So gestaltete sich auch der Fall der neuen Waschmaschine, dabei sah alles erst so aus, so als ob es dieses Mal klappen könnte.

Die alte Waschmaschine hatte ich gekauft, und das hatte gut geklappt. Immerhin hatte sie uns ganze zwölf Jahre begleitet; das ist länger als manche Ehe hält. Es kann also keine schlechte Wahl gewesen sein. Ok, am Ende hatte sie ihre Tücken, so wie die meisten Ehen auch. Sie blieb regelmäßig kurz vor Beendigung des Waschvorgangs plötzlich stehen. Doch wer die beste aller Ehefrauen kennt, der weiß, dass das kein Grund zum Aufgeben ist. Sie fand heraus, dass sie den Waschgang nur kurz zu unterbrechen und an derselben Stelle neu zu starten brauchte. Meist genügte das, und dann lief das Elektrogerät bis zum Ende des Schleuderganges ohne Probleme weiter.

Ich wäre das Problem ja anders angegangen und hätte erstmal gegoogelt:

Wie funktioniert eine Waschmaschine? Da gibt zum Beispiel *Nicole Volckmann-Kinzel* bereitwillig Auskunft:

XIV. Internetexkurs #4 für Nichthausfrauen: Wie funktioniert eine Waschmaschine?

„Die Reinigung der Wäsche erfolgt nach den Prinzipien des so genannten Sinner'schen Kreises. Dieser setzt sich aus vier Faktoren zusammen: Chemie (Waschmittel), Mechanik, Temperatur und Zeit. Diese Faktoren wirken über das Wasser zusammen.

Wasserleitsysteme sorgen zu Beginn des jeweiligen Programmabschnitts für die automatische Einspülung der Wasch- und Nachbehandlungsmittel aus der entsprechenden Kammer des Waschmitteleinspülkastens. Zur Durchflutung der Wäsche ist die Waschtrommel gelocht. Im Inneren der Waschtrommel befinden sich die so genannten Mitnehmerrippen. Sie heben die Wäsche aus der Lauge und lassen sie aus einer gewissen Fallhöhe wieder in die Lauge bzw. das Spülwasser fallen. Da diese Mitnehmerrippen gleichzeitig gelocht sind, nehmen sie das Wasser auf, transportieren es nach oben und berieseln die Wäsche zusätzlich von oben.

Die zur Wäschereinigung erforderliche Mechanik wird u.a. durch die Trommelbewegung bestimmt. Diese erfolgt in einem wechselnden Drehrhythmus – rechts- bzw. linksherum. Um für die verschiedenen Textilien ein gutes Waschergebnis bei optimaler Wäscheschonung zu erzielen, variieren in den einzelnen Programmen die Geschwindigkeit und die Häufigkeit der Trommeldrehung. So dreht sich die Waschtrommel in Programmen für empfindliche Textilien, z. B. Seide, langsamer als im Programm Koch-/ Buntwäsche. Auch die Pausenzeiten zwischen der Trommelbewegung sind in den einzelnen Programmen unterschiedlich. Ein weiterer Einflussfaktor auf den Waschprozess ist die Temperatur. Deshalb heizt ein Rohrheizkörper, der sich unterhalb der Waschtrommel befindet, die Waschlauge auf. Sobald die eingestellte Temperatur erreicht ist, beginnt die eigentliche Waschzeit, in der die Schmutz-bestandteile aus den Textilien an die Waschlauge abgegeben werden. Nach Ablauf der (Vor-)Waschzeit pumpt die Laugenpumpe die Waschlauge mit samt den Schmutzpartikeln ab.

Zu Beginn eines Spülganges fließt klares Wasser in die Waschtrommel. Anschließend werden durch die Drehbewegung der Trommel die Waschmittel- und Schmutzreste aus der Wäsche herausgelöst und mit dem Wasser abgepumpt. In einigen Programmen kann durch ein sogenanntes Spülschleudern der Wasserver-brauch reduziert werden. Das Waschprogramm wird in in der Regel mit einem Endschleudern abgeschlossen. Dabei gilt: Je höher die Drehzahl, desto geringer ist die Restfeuchte und damit der Stromverbrauch für das anschließende Trocknen." [xxxiii]

XV. Der moderne Mann hilft bei der Hausarbeit.

- „Piiiep!"
- „Ich kann jetzt nicht."
- „Piiiep!"
- „Ich lass mich von dir nicht stressen!"
- „Piiiep!"
- „Ich komme ja schon." [xxxiv]

Zugegeben, die Ausführungen über die Funktionsweise einer Waschmaschine habe ich nicht ganz verstanden, obwohl ich als Philologe im Verstehen unverständlicher Texte doch bewandert sein sollte. Schließlich korrigiere ich seit über 30 Jahren deutsche Aufsätze von Schülern, deren Muttersprache eben nicht Deutsch ist. Aber da hatte ich mich wohl getäuscht. In diesem Fall brachte mir das Googlen nichts.

Ich nahm es pragmatisch und entschied mich, meine Waschmaschine nicht zu verstehen, sondern sie zu benutzen. Das Befüllen und Programmieren übernahm die beste aller Ehefrauen, aber beim Wäscheaufhängen konnte ich ja nichts falsch machen. Anfänglich brauchte ich für eine Waschladung die gesamtem 25 Meter Wäscheleine. Warum sollte ich denn auch an Wäscheleine sparen? Nun, die Antwort gab mir die beste aller Ehefrauen, als sie eine gute Stunde später mit der zweiten Ladung anrauschte und kein Platz mehr auf der Leine war.

Bei anderen Hausarbeiten stellte ich mich weniger dumm an. Weil wir keine Spülmaschine haben, machte ich das. Ich meine, bei zwei Personen lohnt sich eine Spülmaschine einfach nicht. Da stellste nach jedem Essen zwei Teller rein und kannst eine Woche warten, bis die Maschine voll ist. Obwohl, das müsste man erstmal googlen, um genau zu wissen, wie viele Teller in eine durchschnittlich große Spülmaschine gehen.

XVI. Internetexkurs #5 für Nichthausfrauen: Wie viel Geschirr passt in einen Geschirrspüler?

„Geschirrspüler, die 45 cm breit sind, bieten in der Regel Platz für 9 bis 10 Maßgedecke, 60 cm breite Geräte für 12-14 Maßgedecke. Durch geschickte Auslegung der Körbe und verbesserter Konstruktion können Top-Modelle mit normalen Außenmaßen 16 Maßgedecke fassen, XL-Modelle sogar 17! In einigen Geräten haben dank der vertikalen Beladung von Töpfen im Unterkorb bis zu zehn weitere Teller Platz." [xxxv]

Obwohl wir wie gesagt gar keine Spülmaschine haben, fand ich diesen Text nicht so kompliziert wie den über die Waschmaschinen. - Ich unterstelle mal, dass „Maßgedecke" Standardteller sind und dass zu jedem Standardteller, der garantiert auch einen festgelegten Durchmesser hat, auch noch ein Normbesteck bestehend aus Normlöffel, Normmesser und Normgabel gehört. - Jetzt bin ich aber doch unsicher geworden. Moment!

„Google, was ist ein Maßgedeck?"

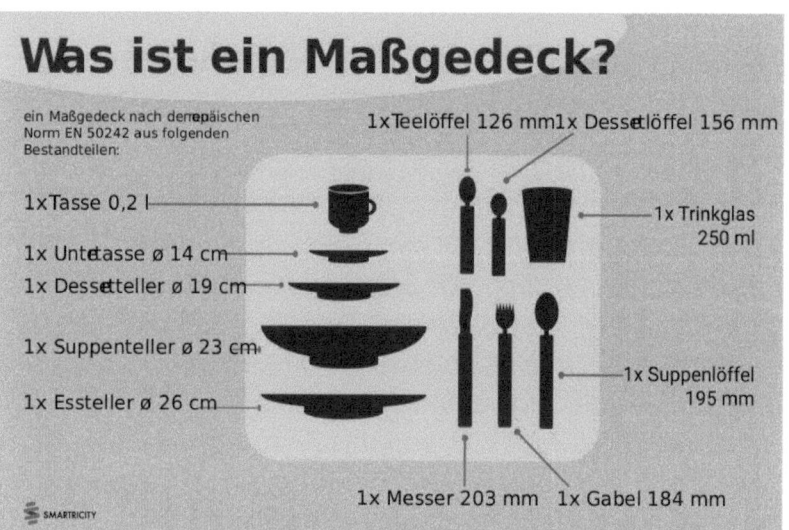

Was ist ein Maßgedeck?

ein Maßgedeck nach der europäischen Norm EN 50242 aus folgenden Bestandteilen:

1x Tasse 0,2 l

1x Untetasse ø 14 cm

1x Dessetteller ø 19 cm

1x Suppenteller ø 23 cm

1x Essteller ø 26 cm

1xTeelöffel 126 mm 1x Dessetlöffel 156 mm

1x Trinkglas 250 ml

1x Suppenlöffel 195 mm

1x Messer 203 mm 1x Gabel 184 mm

SMARTRICITY

Das Maßgedeck [xxxvi]

64

XVII. Internetexkurs #6 für Nichthausfrauen: Was ist ein Maßgedeck?

„Wenn Sie nach einem Geschirrspüler suchen, werden Sie automatisch auf den Begriff Maßgedeck stoßen. Was haben Sie sich darunter vorzustellen? Es ist die zentrale Maßeinheit, um die Ladekapazität einer Spülmaschine zu beschreiben. Sprich: Wie viel passt in das gute Stück hinein? Damit die Hersteller bei dieser Angabe nicht schummeln können, hat die EU eigens eine Norm definiert – die EN 50242. Dort ist genau festgehalten, woraus ein Maßgedeck besteht: 1 Suppenteller, 1 Essteller, 1 Dessertteller, 1 Untertasse, 1 Tasse, 1 Trinkglas, 1 Gabel, 1 Messer, 1 Esslöffel, 1 Teelöffel, 1 Dessertlöffel.

Das Gute an der Maßgedeck-Angabe: Sie können auf einen Blick erkennen, ob die Spülmaschine ausreichend groß für Ihren Haushalt ist. Denn es gibt Erfahrungswerte. Aus denen lässt sich ableiten, welche Zahl an Maßgedecken für eine bestimmte Haushaltsgröße infrage kommt: 8-10 Maßgedecke = 1-2 Personen, 12-14 Maßgedecke = 3-4 Personen, 15+ Maßgedecke = 5 und mehr Personen.

In der Praxis heißt dies: Für Single- oder Paarhaushalte reicht bereits ein schmaler Geschirrspüler mit 45 cm Breite. Diese Geräte bieten in der Regel Platz für 8-10 Maßgedecke. Für Einpersonenhaushalte gibt es als weitere Alternative den Tischgeschirrspüler. Hier ist eine Füllmenge von 4-6 Maßgedecken üblich.

Bei den Spülmaschinen mit einem Fassungsvermögen von 12-14 Maßgedecke handelt es sich gewöhnlich um

Geräte mit Standardmaß. Um mehr als 14 Maßgedecke aufnehmen zu können, müssen Sie sich bei den extrabreiten Geschirrspülern umschauen." [xxxvii]

XVIII. von Küchengeräten und Emanzipation

„Konserven und Waschmaschinen haben mehr zur Befreiung der Frau beigetragen als alle Revolutionen." [xxxviii]

(Jean Duché)

Ich finde, dass der Artikel meine Annahme bestätigt: Für zwei Personen lohnt sich eine Spülmaschine nicht. Würden wir uns nämlich einen mittelgroßen Geschirrspüler für 12 bis 14 Maßgedecke anschaffen, dann dauerte es wirklich eine Woche bis wir zwei das Ding voll bekämen. In der Zeit wäre doch alles angetrocknet!

„Also mache ich das selbst!"

A proposito selber machen. Unser Nachbar ist Taxifahrer, der macht zu Hause nichts selbst, aus Prinzip nicht. Ein richtiger Macho ist er und sieht auch so aus. Bei ihm ist alles Fassade. Sein Markenzeichen sind seine blitzblanken Schuhe. Wenn er sein Auto nicht poliert, dann poliert er seine Schuhe. Keine Ahnung, was mich mehr aufregt, dass er permanent seine Schuhe putzt oder danach das Papiertaschentuch auf die Straße wirft.

Er ist von ziemlich kleiner Statur und hat im Vergleich zu mir eine dunkle Haut. Er trägt ausschließlich lange Hosen. Ich habe ihn auch nach über 15jähriger Nachbarschaft noch nie in Shorts gesehen. Möglicherweise, glaubt die beste aller Ehefrauen, liegt das an seinen Streichholzbeinchen. Zwar hat auch sie besagte Stäbchenbeine noch nie zu Gesicht bekommen, verfügt aber über eine Quelle, welche übrigens gleich nebenan wohnt und mit dem Taxifahrer verheiratet ist. Es handelt sich also um eine sichere Quelle und wir dürfen daher diese anatomische Besonderheit als wahr unterstellen.

Was der gute Mann unten nicht zeigt, das zeigt er oben um so mehr. Mit einem gewissen Stolz trägt seine Oberhemden bei jedem Wetter drei Knöpfe weit offen, um seine üppige Brustbehaarung zu zeigen. Vielleicht will er auch nur von seinen dünnen Beinen ablenken, wofür übrigens auch die sauberen Schuhe sprechen würden.

Als Macho Ibérico ist er auf Frauen fokussiert. Nur gelegentlich kommt bei ihm der Taxifahrer durch, und dann spricht er eben auch mal über Autos.

Diskussionen mit ihm versuche ich zu vermeiden, denn weder interessiere ich mich für Autos noch für die Kommentare eines Machos über Frauen. Lieber versuche ich, ihm so gut wie möglich aus dem Weg zu gehen, was mir mehr schlecht als recht gelingt. Doch eine funktionierende Nachbarschaft ist wie eine langjährige Ehe: Da muss man auch schon mal eine Kröte schlucken. Als erfahrener Ehemann wusste ich, wie man mit dem Taxifahrer umgehen musste. Morgens grüßte ich ihn freundlich, aber ohne zu übertreiben; außerdem musste ich ja nicht unbedingt auf seine glänzenden Treter schielen. Was ich jedoch nicht verhindern konnte, waren seine Kommentare. Sie waren entweder nichtssagend oder beleidigend.

Ich mag Taxifahrer ungefähr genau so gern wie Friseure; nicht wegen der Tätigkeit, die sie ausüben, sondern weil wenigstens die mir bekannten Vertreter ihrer Art nicht mal für einen Moment den Mund halten können. Da in unserem Dorf noch kein *Silent Cut* ange-boten wird, habe ich mir einen Haarschneidegerät zuge-legt. Meinem Nachbarn konnte ich dagegen nicht so leicht wie dem Friseur aus dem Weg gehen. Zunächst appellierte ich an seinen Verstand, das klappte aber leider nicht. Wenn er nämlich ein Fünkchen Verstand hätte, hielte er seinen Mund auch mal geschlossen. - Fehlanzeige, denn das tat er nicht, und zwar auch aus Prinzip.

Also gut, ich nahm es philosophisch und sagte mir: Wenn du die Wirklichkeit schon nicht ändern kannst, dann lerne, sie zu ertragen. Also versuchte ich, die Nachbarschaftskontakte auf das notwendige Maß zu beschränken.

Sozialen Kontakten aus dem Weg zu gehen, ist in einem 1.000-Einwohner-Dorf gar nicht so einfach, denn sie sind integraler Bestandteil des Dorflebens. In unserem Dorf wird es beim Friseur deshalb niemals einen *Silent Cut* geben, weil die Dorfbewohner alle lebensnotwendigen Informationen auf dem Weg zum Gottesdienst, in der Kneipe, im Tante-Emma-Laden, im Wartezimmer des Dorfarztes oder eben beim Friseur erfahren. Wenn aber die betroffenen Personen außer-dem noch je in einer Hälfte desselben Doppelhauses leben, ist der Kontakt kaum zu vermeiden.

Am Anfang seiner Ehe, so beichtete mir der Taxifah-rer ungefragt, habe er seiner besseren Hälfte auch mal im Haushalt geholfen.

„Aber das ist Frauensache!"

Ich spürte, wie ein unangenehmes Kribbeln in mir hochstieg.

„Schließlich habe ich einen harten Job und bringe das Geld nach Hause."

Moment! Taxifahrer? Harter Job? - Wider besseren Wissens nickte ich wohlwollend, und er missverstand das als Aufforderung fortzufahren:

„Außerdem können die Frauen das doch viel besser!"

Und von der Frau, die das viel besser kann, erfuhr ich bei einer anderen Gelegenheit, dass unserem Taxifahrer am Anfang seiner Ehe die guten Gläser beim Spülen immer hinfielen. Ein Schelm, wer da dachte, der gute Mann hätte das absichtlich gemacht! Als dann ihre Kinder auf die Welt kamen, hatten der Taxifahrer und seine bessere Hälfte genug Maßgedecke zusammen, dass sich für sie ein Geschirrspüler lohnte. Und damit hatte sich auch die Diskussion um die Mitarbeit bei der Hausarbeit erledigt.

Bei uns liegt der Fall anders. Egal ob Lippenstift an der Kaffeetasse oder Rotweinreste im Glas, ich spüle alles weg. Natürlich geht da auch mal was zu Bruch, aber es hält sich wirklich in Grenzen. Wenn es dagegen mal ums absichtliche Kaputtmachen geht, dann bin ich unschlagbar. Muss eine Wand ein- oder ein Holzboden rausgerissen werden, bin ich ihr Mann für alle Fälle. Selbst beim Beschneiden der Obstbäume im Garten kann die beste Ehefrau von allen den Mann fürs Grobe gebrauchen, jedenfalls solange sie daneben steht, damit er nicht versehentlich den falschen Trieb absägt. Früher hatte unsere Doppelhaushälfte nur eine Garage und einen Heizungskeller, aber keinen zusätzlichen Abstellkeller. Heute schon. Er verfügt über ein Betonfundament, Fußbodenfliesen aus dem Baumarkt und beherbergt vom Campingzelt bis zum Käsefondue zahlreiche Stationen einer dreißigjährigen Ehe.

Die erste Regel bei baulichen Veränderungen ist: Jede Baumaßnahme muss sorgfältig geplant und mit dem Ehepartner abgesprochen werden. Denn nichts haut den Hobbyhandwerker nach stundenlanger schweißtreibender Arbeit derart um, wie der vernichtende Kommentar seiner Lebensgefährtin:

„Also vorher hatte mir das irgendwie doch besser gefallen."

Der richtige Zeitpunkt, um Wünsche oder Kritik zu äußern, ist eindeutig <u>vor</u> der Baumaßnahme. Aus demselben Grund hatten wir auch die Anschaffung einer neuen Waschmaschine zusammen bis ins letzte Detail geplant. <u>Vor</u> dem Kauf hatten wir alle wichtigen Eigenschaften der Neuanschaffung besprochen: 1. Farbe: weiß, 2. Fassungsvermögen: 8 kg, 3. Schleuderdrehzahl: mindestens 1.200 Umdrehungen pro Minute, 4. Kurzwahl- und Kaltwäscheprogramm, 5. Energieeffizienz: möglichst A.

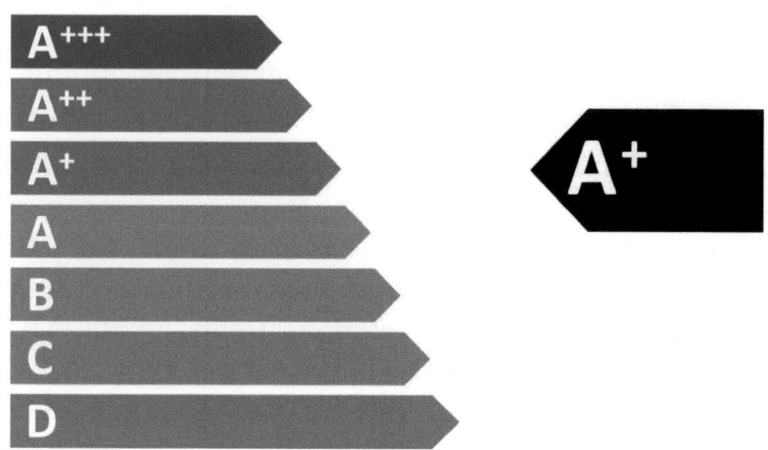

Energieeffizienz [xxxix]

XIX. Information ist alles

Einmal so sein wie eine Waschmaschine: völlig durch-drehen und danach ist alles sauber und duftet frisch. [xl]

Der Motor des Taxis brummte vor sich hin, vom Taxifahrer war nichts zu sehen und so schlich ich auf Zehenspitzen an seiner offenen Garage vorbei zu unserem Treppenaufgang.

„Na? Ist deine bessere Hälfte wieder Zumba tanzen?"

Da hatte ich ihn wohl irgendwie übersehen; er mich aber nicht. Und bevor ich überhaupt antworten konnte, schob er noch einen nach:

„Also, meine Frau geht mir jedenfalls nicht arbeiten!"

Wider besseren Wissens blieb ich kurz stehen und grüßte freundlich. Auf seine Provokation reagierte ich mit keinem Wort. Klar wusste ich, dass seine Frau nicht berufstätig war und selbstverständlich wusste ich, dass er das so haben wollte. Was seine Frau davon hielt, wusste ich nicht. Denn dies war eins der Themen, das ich mit meinem Nachbarn nun wirklich nicht diskutieren wollte.

„Schönes Wetter heute, nicht?"

Und schon war ich auch schon hinter unserer Eingangstür verschwunden.

Nachdem wir die Eckdaten für die neue Anschaffung gemeinsam festgelegt hatten, machte ich mich im

Internet weiter schlau und fand dort eine Art Kaufberatung. Diese Internetinformation erfüllte wirklich ihren Zweck, und so fühlte ich mich bereits durch seine einleitenden Aussagen bestätigt:

„Heutzutage sind alle Waschmaschinen von guter Qualität, besonders wenn sie von großen Herstellern stammen wie ..." [xli]

Es folgte eine Reihe namhafter meist deutscher Waschmaschinenhersteller. Selbstverständlich entschieden wir uns für ein deutsches Markenprodukt, in der Hoffnung, dass sich dieser Umstand positiv auf seine Lebensdauer auswirken würde.

Der nächste Eintrag in der Internet-Kaufberatung lautete:

„Eine Waschmaschine muss die Wäsche richtig waschen."

Scheinbar waren die Anforderungen an das Textverständnis der Leser von diesem Internetartikel nicht so hoch wie die von dem über das Funktionieren einer Waschmaschine. Ich las trotzdem weiter und war mit diesem Punkt sowie mit den weiteren Ausführungen über wasser- und energiesparende Programme hundertprozentig einverstanden. Die Frage 2 der Kaufberatung lautete: Welche Größe sollte eine neue Waschmaschine haben?

„Die Größe der neuen Waschmaschine hängt von der Größe des Haushalts, der Wäschemenge und natürlich dem Standort der Maschine ab. Die meisten Waschmaschinen haben eine Kapazität von 6 kg bis 8 kg ...

und sehr große Maschinen mit einer Kapazität von 9 bis 12 Kilo. Letztere eignen sich für Großfamilien und Mehrgenerationenhaushalte."

Das mit dem Standort der Waschmaschine hatte ich bisher nur vom kulturellen Standpunkt aus betrachtet. In wie fern sollte denn auch der Standort die Größe der Maschine beeinflussen? Abgesehen von den *Wollnys* wird sich wohl kaum jemand eine Industriewaschmaschine von 16 kg Fassungsvermögen in die Wohnung stellen. Jedenfalls schien mir, dass ich den Punkt Größe wohl vernachlässigen konnte.

Der nächste Punkt auf unserer Liste zur Kaufberatung war die Energieeffizienz.

„Der Energieverbrauch für alle Elektrogeräte ist nach europäischen Normen gekennzeichnet, wobei die Energieklasse einer Waschmaschine die Energieeffizienzstufe A+ nicht unterschreiten darf. Besonders bei preiswerten Waschmaschinen sollte auf den Stromverbrauch geachtet werden, damit man sich hinterher nicht über die höheren Energiekosten ärgern muss. Sparsame Modelle verbrauchen etwa 0,8 Kilowatt Energie pro Stunde für 6 Kilo Wäsche, während Starkverbraucher etwa 1 Kilowatt benötigen.

Auch beim Wasserverbrauch müssen Sie auf einen effizienten Umgang mit den Ressourcen achten, denn eine Waschmaschine, die wenig Strom, aber viel Wasser verbraucht, kann auf Dauer teuer werden. Am besten ist es, wenn die Waschmaschine nicht mehr als 40 bis 45 Liter Wasser für 6 Kilo Wäsche verbraucht. Wasserverschwender verbrauchen 60 Liter oder mehr für die gleiche Menge."

Es folgten Ausführungen zum Thema Schleuderdrehzahl.

*„Herkömmliche Waschmaschinen haben eine minima-
le Drehzahl von 500 U/min und eine maximale Drehzahl
von 1400 U/min. Insbesondere moderne Waschmaschinen verfügen über ein Schleuderprogramm, das die
besonderen Eigenschaften der Stoffe berücksichtigt und
in verschiedenen Stufen schleudert. Wenn Sie Ihre
Wäsche im Trockner statt an der frischen Luft trocknen
wollen, sollten Sie eine Maschine mit einer hohen
Schleuderdrehzahl wählen, um beim Trocknen im
Trockner Energie zu sparen."*

Nun kam ein Punkt, den die Kaufberater wahrscheinlich nur für uns Männer in ihren Beitrag aufgenommen
haben: Was ist bei der Bedienung der Maschine zu
beachten?

*„Damit Sie von Anfang an Freude an der Wasch-
maschine haben, muss die Bedienung der Maschine
einfach und klar verständlich sein. Die großen Hersteller bemühen sich um einfache Beschreibungen zur
Bedienung der Programme und füllen die Handbücher
mit genügend Fotos zum besseren Verständnis. Bei
weniger bekannten Unternehmen werden die Handbücher jedoch meist aus dem Englischen in alle Sprachen übersetzt, so dass Übersetzungsfehler oft zu
Missverständnissen führen."*

Last but not least: der Preis. In der Kaufberatung war
dies der Punkt 11: Was darf eine Waschmaschine
kosten?

„Wie bei den meisten elektronischen Geräten gibt es auch bei den Waschmaschinen keine Preisobergrenze. Gute Waschmaschinen mit vielen Funktionen und automatischen Waschsystemen, die mit einem Minimum an Ressourcen auskommen und denen eine lange Lebensdauer nachgesagt wird, kosten heute je nach Marke und Ausstattung zwischen 500 und 700 Euro. Es gibt aber auch Geräte, die viel weniger kosten und trotzdem sehr gut funktionieren."

Das alles deckte sich mit unseren Vorstellungen. Wenn unsere neue Anschaffung schon in der Küche stand, dann sollte sie auch etwas hermachen.

Für die Verhandlungen mit der Fachverkäuferin war ich jetzt aufs Beste vorbereitet. Mir konnte sie nichts erzählen; ich ließ mich nicht von ihr eingarnen, um ein bestimmtes Modell zu kaufen. Voller Selbstbewusstsein stellte ich mich der Fachverkäuferin meines Vertrauens vor und erklärte ihr danach mein Anliegen:

„Ich brauche eine Waschmaschine."

Bis hierhin lief alles gut. Dann aber kam völlig unerwartet ihre erste Frage, und die brachte mich ins Straucheln:

„Welche Breite und welche Tiefe?"

30 Minuten später war ich wieder im Verkaufsraum und erklärte fachmännisch, dass die alte 60 cm breit sei, aber an beiden Seiten noch ausreichend Platz sei. Selbst 65-70 cm Breite sei kein Problem.

„Das passt schon."

Das meinte auch die Verkäuferin, denn alle drei Modelle, die auf den ersten Blick in Frage kamen, waren exakt 60 cm breit. Also gingen wir an die weiteren Details, so wie ich sie mit meiner Frau abgesprochen hatte. Es geht eben nichts über eine gute Vorbereitung oder wie in meinem Fall eine gute Nachbereitung, denn im Nachhinein machte ich mich auch zu diesem Punkt kundig:

„Die Größe der Waschmaschine hängt aber auch vom Standort ab. Soll sie in der angrenzenden Küche installiert werden oder hat sie im Bad genügend Platz? Ist er unter einem Trockner, in einer schwierigen Ecke oder freistehend in der Waschküche? Bevor Sie mit der Suche beginnen, sollten Sie den Platz für die Waschmaschine ausmessen und im Auge behalten."

XX. Das Unglück nimmt seinen Lauf

Ich gucke seit 30 Minuten den Katzen zu, wie sie die laufende Waschmaschine beobachten. Total bescheuert, womit Katzen ihre Zeit so verbringen! [xlii]

Wie von der Fachverkäuferin vorhergesagt, war das gewünschte Modell auf Lager. Da ich das Gerät am Donnerstag bestellt hatte und der Laden immer freitags auslieferte, brauchten wir keine 24 Stunden zu warten. Am nächsten Tag kam das Wunderwerk deutscher Ingenieurskunst zu uns nach Hause. Schneller geht es nun wirklich nicht. Wenn ich mir dagegen vorstellen wollte, unter welchen Bedingungen eine vierköpfige Familie leben müsste, die eine Woche lang nicht in der Lage war, ihre Wäsche zu waschen ... Ich kann nur jeder Familie mit Kindern empfehlen, dass ihre alte Waschmaschine am besten am Mittwoch ihren Geist aufgeben sollte, dann bleibt noch Zeit genug, sich das Wunschmodell auszusuchen, es zu bestellen und man kann es bereits zwei Tage später in Empfang nehmen.

Das haben wir auch schon anders erlebt, und zwar als wir einen Klempner zur Installation eines neuen Wasserhahns für die Küchenspüle kontaktierten. Da waren auf einmal alle kulturellen Unterschiede zwischen Deutschland und dem Baskenland wie weggeblasen. Wahrscheinlich bekommt man eher einen Termin für eine Hüftoperation als einen Handwerker ins Haus. Die Rechnung ließ dagegen nicht auf sich warten, also, wie gesagt, kein Unterschied.

Wir saßen gerade beim Kaffee, da klingelte das Telefon. Und nur eine halbe Stunde nach dem Anruf der Transporteure rumpelte der Lieferwagen auf den Hof vor unserem Haus. Der Taxifahrer hatte gerade Platz gemacht. Wie schön! So musste ich ihm nicht Rede und Antwort stehen, denn ich wette, er hätte garantiert ein anderes Modell gewählt.

Noch bevor die beiden Männer überhaupt wussten, welchen Aufgang sie zu nehmen hatten, stand ich auch schon neben ihnen. Sie hievten den Oschi in schneeweiß auf eine Sackkarre und bewegten diese bis zur Außentreppe des Hauses. Von da an ging es nur noch per Hand weiter. Der Kleine ging vorne, der Große hinten, so ging es im Wiegeschritt nach oben. Ich lief hinterher und war froh, dass außer der Anlieferung auch der Anschluss der Waschmaschine sowie Abtransport der alten Maschine im Preis für die neue Waschmaschine inbegriffen waren.

Was nicht inbegriffen war, war die Anpassung der Küchenmöbel an das neue Elektrogerät, das vier Zentimeter mehr Tiefe als gedacht aufwies. Die Türen der Unterschränke, die die Waschmaschine eigentlich verbergen sollten, ließen sich jetzt nicht mehr schließen. Die makellose Küchenzeile mit Unterschränken in glattem, dunklem Eichenfurnier und matten, gebürsteten Griffen wurde durch die strahlend weiße Front der neuen Waschmaschine mit ihrer riesigen Einfüllluke unten und dem großen zentralen Bedienknopf oben unterbrochen. Ja, „unterbrochen" war das richtige Wort.

Selbst als für die künstlerische Gestaltung von Ein-
bauküchen eher unempfindlicher Ehemann musste ich
zugeben: Also das sah jetzt richtig doof aus. Es auszu-
sprechen wagte ich mich nicht. Statt dessen begutach-
teten wir das Unglück stumm weiter: Die beiden Front-
türen des letzten Unterschranks ragten im 30-Grad-
Winkel in die Küche hinein. Die Perfektion des schöns-
ten Ortes im Haus war dahin.

Halb aus Scham über den Fehlkauf, halb bereits im
Problemlösungsmodus angekommen suchte ich nach
einem Ausweg. Vielleicht war es besser, die beiden
Türen ganz abzuschrauben und die neue Errungen-
schaft für jedermann sichtbar zu lassen.

*„Ist ja ein Markengerät. Brauchste nicht zu ver-
stecken!"*

Aber der besten Ehefrau von allen war offensichtlich
gerade nicht nach Witzen zu Mute. Die beiden
Anlieferer wussten nicht recht, wo sie hinschauen
sollten und fragten schließlich nur:

*„Hat Sie denn die Verkäuferin nicht nach den Maßen
der Nische gefragt?"*

Und jetzt wusste ich nicht, wo ich hinschauen sollte.

XXI. Wasser ist hart, aber das Leben ist härter

Meine T-Shirts werden vorne immer kürzer. Ich glaube, unsere Waschmaschine hat eine Unwucht. [xliii]

Mein Freund das Internet hat auf alles eine Antwort, und also schaltete ich den Computer ein und wurde auch sofort fündig. Im Testbericht der Stiftung Warentest aus dem Jahr 2017 gab es einen Abschnitt mit dem Titel: Groß oder klein?

„Im Test sind zwei Gewichtsklassen vertreten, große Familienwaschmaschinen, die bis zu 8 Kilo fassen, und 6-Kilo-Modelle für den kleineren Haushalt. Wichtiger Tipp: Die Klassen unterscheiden sich auch in der Größe: Höhe und Einbaubreite sind gleich. Doch die 8-Kilo-Maschinen sind meist 64 Zentimeter tief. Die kleinen Maschinen benötigen nur 60 Zentimeter. Vor dem Kauf sollte also der Aufstellort exakt ausgemessen werden. Viele Küchenplatten decken nämlich nur 60 Zentimeter locker ab, größere Modelle würden überstehen.“ [xliv]

Da haben wir es! Es kommt also doch auf die Größe an! Für einen Zwei-Personen-Haushalt hätte eine 6-Kilo-Maschine völlig ausgereicht und uns vor größerem Unheil beschützt. Aber alles Jammern nützte nichts. Also versuchte ich es von der praktischen Seite:

„Waschen können wir doch auch so, nicht?“

Aber die beste Ehefrau von allen ging stumm nach draußen, um frische Luft zu schnappen, während ich mir zum Zeitvertreib einen Internetbeitrag zum Thema Waschmittel ansah.

„Jeder Haushalt sollte mindestens ein Vollwaschmittel und ein Buntwaschmittel im Haus haben. Das Vollwaschmittel ist gut zum Waschen von weißen Textilien und allem, was nicht färbt, da einem Vollwaschmittel Bleichmittel zugesetzt wird. Daher sollten Sie bunte Wäsche nicht mit einem Vollwaschmittel waschen, da sie schnell ihre Farbe verlieren kann. Waschmittel sind sehr gut für bunte Wäsche geeignet. Sie haben bestimmte Substanzen, die die Farbe schützen und die Leuchtkraft der Farbe aktivieren. Sie können jedoch nicht bei höheren Temperaturen mit einem Color-Waschmittel waschen, da die farbschützende Formel im Waschmittel bei mehr als 60 Grad zerfällt." [xlv]

Mit derart klaren Anweisungen konnte ja nichts mehr schief gehen. Oder doch? Ich durchsuchte den Wäschekorb nach schmutziger Wäsche und wurde fündig. Das meiste war weiße Wäsche. Um die Maschine vollständig zu befüllen, legte ich noch mein Sportzeug dazu. Schließlich hieß es doch in der Richtig-Waschen-Anleitung unter Punkt 7:

„Die Größe der Maschine ist richtig auszunutzen."

Die Frage nach dem Waschmittel stellte sich in unserem Fall dagegen gar nicht, denn wir benutzen nur eins: den Marktführer.

Das Internettablet lag auf dem Küchentisch und so verbrachte ich die folgenden 40 Minuten mit einer Lektüre zum Thema: Wann muss die Waschmaschine entkalkt werden?

„Kalk kann trotz aller Gegenmaßnahmen entstehen und sollte möglichst schnell entfernt werden, um die Lebensdauer des Geräts zu erhöhen. Hierzu gibt es spezielle Maschinenreiniger, die auch in einer Drogerie erhältlich sind. Kalk bildet sich überwiegend an der Rückseite der Maschine und ist daher nicht immer direkt sichtbar. Der Entkalker sollte nicht mehr als zwei Mal im Jahr verwendet werden, da er aggressive Inhaltsstoffe aufweist." [xlvi]

Das war jetzt nicht genau das, was uns die Fernsehwerbung empfiehlt. Also schlug ich auf der Internetseite unseres örtlichen Wasserversorgers die Wasserhärte in unserem Dorf nach. Interessanterweise gab es zwei Werte: 9,9 Grad französischer Härte und 5,5 Grad deutscher Härte – spanische oder baskische Härten wurden nicht angezeigt. Da ich mit diesen Angaben nichts anfangen konnte, konsultierte ich die Verbraucherzentrale:

„Die Härte des Wassers ist abhängig vom Gehalt der Calcium- und Magnesium-Verbindungen. Sie entsteht, indem Calcium und Magnesium sich mit dem im Wasser gelösten Kohlendioxid verbinden. Bei 0 bis 7 Grad deutscher Härte (dH) Härtebereich I (0 bis 1,3 Millimol Calciumoxid pro Liter) spricht man von weichem Wasser. Bei 14 bis 21 Grad dH -Härtebereich III (2,5 bis 3,8 Millimol Calciumoxid pro Liter) spricht man von hartem Wasser." [xlvii]

Ok. Das war eindeutig. Wir haben in unserem Dorf weiches Wasser. Und?

„Kann hartes Wasser schädlich sein? Hartes Wasser enthält mehr Magnesium und Calcium als weiches.

Diese Elemente sind wichtige Mineralstoffe für den Körper. Es stellt also kein Problem für die Gesundheit dar. Für Waschmaschinen ist hartes Wasser kein Problem, da alle modernen Waschmittel richtig dosiert genügend Enthärter enthalten. Wasserkocher oder Kaffeemaschinen lassen sich problemlos mit verdünnter Zitronensäure entkalken." [xlviii]

Gut, ich kann also auch weiterhin Wasser aus dem Hahn trinken. Prima. Aber, wenn ich das richtig verstehe, besteht doch auch ein Zusammenhang zwischen der Wasserhärte und der zu verwendenden Waschmittelmenge. Dazu fand ich ebenfalls einen Eintrag:

„Wasserhärte und Waschen: Herkömmliche Waschmittel halten nur eine einzige Mischung bereit, egal ob Sie weiches, mittelhartes oder hartes Wasser haben. Da zum Waschen aber weiches Wasser benötigt wird, ist allen Waschmitteln Enthärter beigefügt. Je härter Ihr Wasser ist, um so mehr Waschmittel muss verwendet werden, um ausreichend Enthärter bereitzustellen. Bei herkömmlichen Waschmitteln hat der Enthärter einen Anteil von rund 30 %. Wird mehr Enthärter benötigt – und das ist bereits bei mittlerer Wasserhärte der Fall -, muss auch mehr vom gesamten Waschmittel verwendet werden." [xlix]

Der Waschgang war immer noch nicht zu ende. Also suchte ich weiter und fand Informationen zu diesem Thema: Welcher Waschgang ist der richtige für meine Wäsche?

„Die modernen Maschinen bieten eine Vielzahl an Waschgängen an, sodass es immer schwieriger wird den richtigen zu wählen. Zunächst gilt es, die Wäsche

nach ihrer Empfindlichkeit und nach Farben zu sortieren. Bei empfindlicher Kleidung empfiehlt sich immer der 30 Grad pflegeleicht Waschgang, da Sie hier auf der sicheren Seite sind. Allerdings müssen auch hier die Farben beachtet werden, denn helle und dunkle Farben dürfen nicht kombiniert werden." [1]

Eine unheilvolle Ahnung stieg in mir hoch. Und sofort würde sie zur Gewissheit werden, denn der Waschgang war soeben zu ende. Ich war überrascht, weniger von der Geschwindigkeit als vielmehr vom Ergebnis: Da hatte mein Baumwolltrainingsanzug wohl abgefärbt. Jetzt verfügten sowohl die beste Ehefrau von allen als auch ich über babyblaue Unterwäsche. Sauber war sie zwar, ich war trotzdem froh darüber, dass man sie beim Tragen nicht sehen konnte.

XXII. Es gibt für alles eine Lösung

„Es ist wie so oft im Leben: Wenn die Waschmaschine kaputtgeht, ist am nächsten Tag der Trockner auch im Arsch - und dann gibt der Fernseher den Geist auf." [li]

(Jürgen Klopp)

„Neue Waschmaschine?"

Der Taxifahrer hatte mich an der Garage abgefangen, so als wollte er mir zu verstehen geben, dass es nicht gerade die feine englische Art sei, eine derart weltbewegende Anschaffung zu tätigen, ohne es ihm zu erzählen. Während der 2,5 Liter-Motor seines Dienstfahrzeuges vor seiner Garage blubberte, startete er einen zweiten Versuch, einen Small Talk in Gang zu bringen:

„Marke?"

Ja, es war ein Markengerät und sie reinigte unsere Wäsche ganz hervorragend. So weit kommt es noch, dass ich dem Nachbarn von meinem Fehlkauf erzählte! Was auch gar nicht notwendig war, denn er wusste es bereits.

„Bis 6 kg sind sie normalerweise 60 cm tief, ab 8 kg sind sie 64 cm tief."

Wie ein Mensch mit so wenigen Worten jemanden so erniedrigen kann! Nach dieser Demütigung konnte ich ihm nicht ins Gesicht schauen und so glitt mein Blick tiefer, an seiner Bundfaltenhose herunter, den blitzblanken Schuhen vorbei und schließlich auf meine Sandalen mit anatomischer Fußbettform.

„Ist ja gut, jetzt weiß ich es ja auch!"

Sagte ich, glaubte es aber doch nicht. Und tatsächlich fand ich im Internet gleich mehrere Angebote von Waschmaschinen, die 8 kg Fassungsvermögen hatten, aber trotzdem nur eine Tiefe von 60 cm. Ist ja jetzt auch egal. Na ja, was soll es? Jetzt steht das Ding eben in unserer Küche.

Die ganze Situation ging mir so langsam gegen den Strich. Eine Lösung musste her, für den Hausfrieden einerseits und um mein Gesicht gegenüber dem Nachbarn zu wahren andererseits. Also überlegte ich. Am leichtesten wäre es, die Waschmaschine umzutauschen. Sie stand ja erst wenige Stunden in unserer Küche. Allerdings hatten wir sie ja bereits in Betrieb genommen, weshalb wir das mit dem Umtauschen jetzt ja wohl vergessen konnten.

Eine Lösung musste her. Die beste aller Ehefrauen hatte vorsorglich schon wieder die Küche verlassen, um nicht Dinge zu sagen, die sie vielleicht später bereuen würde. Doch ehrlich gesagt, glaube ich kaum, dass sie sie später bereuen müsste. Dieses Mal hatte ich wohl echt Mist gebaut.

Eine Lösung musste her. Ich rückte die neue Anschaffung wieder von der Wand ab, um zu sehen, wie viel Platz zwischen der Oberkante des Deckels und der Rückwand der Waschmaschine war. Manchmal steht die obere Abdeckung etwas über, um zu verhindern, dass Schläuche und Kabel eingeklemmt werden. Das war hier nicht der Fall. Eine mögliche Platzersparnis durch Abschrauben oder Kürzen des Deckels war gleich null.

Langsam stieg Panik in mir auf. Da gab es nur eins: Was nicht passt, wird passend gemacht. Wir brauchten vier Zentimeter mehr Platz zwischen der Küchenwand und der Waschmaschine. Die Waschmaschine konnte ich nicht verkleinern, also musste logischerweise die Wand weichen.

Meine grobe Berechnung der Platzverhältnisse sah wie folgt aus: Wenn ich die Wandfliesen im Bereich hinter der Waschmaschine abschlagen und den Zement von der Wand kratzen würde, hätte ich mit Sicherheit einen Zentimeter gewonnen. Es fehlten also nur noch drei.

Drei Zentimeter konnte ich mit dem Meißel aus der Mauer schlagen. Das war auch kein Problem. Das Werkzeug hatte ich auch: eine Flex für den sauberen Abschnitt der Fliesen sowie Hammer und Meißel. Und obwohl die Erfahrung mich eigentlich etwas Besseres lehren sollte, sagte ich mir:

„Die beste aller Ehefrauen wird stolz auf mich sein!"

Drei Tage später kam die Gelegenheit zum Umbau. Die beste Ehefrau von allen machte sich auf den Weg zum Sport: Aerobic für Frauen im fortgeschrittenen Alter. Frau muss ja auch im Alter fit bleiben. Jetzt galt es, keine Zeit zu verlieren. Ich überlegte: Zwei Stunden Sport, dann einen Kaffee in der Dorfkneipe, zusammen mit Hin- und Rückweg blieben mir gut drei Stunden für mein Bauvorhaben. Das war zu schaffen. Und los ging es.

Die Flex staubte die Küche ganz schön ein, aber mit dem richtigen Blatt kam ich flott voran. Oben und auf der linken Seite trennte ich eine Reihe Fliesen in der Mitte durch; rechts befand sich eine Fuge genau in 61 cm Abstand zu dem von mir gesetzten Trennungsschnitt auf der rechten Seite. Das nennt man Glück!

Die Fliesen ließen sich mit dem Meißel relativ einfach von der Wand lösen. Und nach nur 45 Minuten hatte ich den ersten von vier Zentimetern geschafft. Fehlten nur noch drei. Leider gab es unter der Arbeitsplatte nicht genug Platz, damit ich mit dem Hammer zum Schlag ausholen konnte. Notgedrungen entschloss ich mich also dazu, mit der Flex weiterzumachen.

Vielleicht hätte ich einen Oszillografen benutzen sollen, um den genauen Verlauf der Strom- und Wasserleitungen festzustellen. Aber erstens hatte ich so ein Gerät nicht, und zweitens war doch klar, dass die Wasserleitungen von ihrem Anschluss in der Küchenwand nach unten verlaufen mussten. Beim Stromkabel war ich mir nicht so sicher, aber ich vermutete, dass es genau andersherum, also von der Steckdose nach oben verlief. Als es hinter der Flex in der Wand funkte und ich dann im Dunkeln saß, wusste ich, dass ich recht hatte.

Jetzt musste ich mich aber beeilen, denn es war schon über eine Stunde rum. Mit der Behelfsbeleuchtung aus dem Handy war die Schadstelle schnell freigelegt und repariert. Nachdem ich die Hauptsicherung umgelegt hatte, konnte ich auch wieder etwas sehen. Unter heftigen Hammerschlägen brachen die Ziegel, und Zentimeter um Zentimeter schaffte ich Platz für die neue

Waschmaschine. Nach zweieinhalb Stunden war ich fast fertig.

Als das Loch in der Wand groß genug war, bog ich mit etwas Anstrengung die Wasserleitung ein paar Zentimeter tiefer in die Wand hinein. Nach mehreren Versuchen passte auch wirklich alles. Das nennt man Glück. Und das Glück hielt an, denn die beste aller Ehefrauen war offenbar in der Dorfkneipe hängengeblieben, und das verschaffte mir die Zeit, um mein Bauvorhaben noch vor ihrem Eintreffen abzuschließen.

„Wird das eine größere Baumaßnahme?"

Zugegeben, der Lärm war nicht zu überhören, aber dass unser Nachbar mich gerade in dem Moment vor der Haustür abfangen musste, in dem ich mal kurz Luft schnappen wollte, ...

„Ne, alles halb so wild. Ich verschöner nur die Küche."

Bevor ich mich nun hier fest quasselte, ließ ich ihn lieber hier stehen und brachte mein Vorhaben in der Küche zu Ende. Um ihn um seinen Oszillografen zu bitten, war es nun sowieso schon zu spät.

die neue Waschmaschine

XXIII. Das Ende der Geschichte

„Meine beste Freundin und ihr Mann haben getrennte Waschmaschinen, weil sie es nicht erträgt, wie er Wäsche wäscht." [lii]

Es hätte eine Überraschung werden sollen, wurde es aber nicht, denn die Küche und der Flur waren vollständig mit einer gleichmäßigen weißen Staubschicht bedeckt. Gleich als sie die Wohnung betrat, beschlich die beste aller Ehefrauen ein ungutes Gefühl. Sobald sie ihren Fuß auf den Staubteppich setzte, wurde die Ahnung zur Gewissheit. Auf dem Absatz der Küchentür blieb sie einen Moment lag stehen, um das gesamte Ausmaß der Katastrophe zu erfassen. Wortlos setzte sich meine liebe Frau sodann auf einen Küchenstuhl, denn in diesem Augenblick versagten ihr die Beine.

„Sodom und Gomorra!"

So hatte sie sich immer einen Atomschlag vorgestellt! Ich dagegen fand das jetzt etwas übertrieben. Außerdem passte die Waschmaschine doch jetzt perfekt in die dafür vorgesehene Nische unter der Arbeitsfläche! Also ich finde, sie hätte auch mal einen positiven Aspekt der Überraschung erwähnen können. Als ich mit dem Wischen der Küche und dem Saugen des Flures fertig war, saß sie immer noch wortlos auf dem Küchenstuhl. Also versuchte ich nun, sie mit einer Tasse Kaffee zu besänftigen. Zum Beweis, dass mein Bauvorhaben funktionierte und den gewünschten Effekt brachte, schraubte ich die beiden Türen des Unterschranks wieder an.

Und siehe da, sie ließen sich fast ganz schließen. Die beste aller Ehefrauen war leider immer noch nicht vollständig beruhigt.

„Wen habe ich da nur geheiratet?"

Da ich mich natürlich bei den Bauarbeiten von oben bis unten eingesaut hatte, musste meine Arbeitskleidung jetzt gewaschen werden. - Ihr Sportzeug wusch ich dieses Mal vorsichtshalber nicht mit. - Das würde sie sicher überzeugen. Und wenn nicht, dann gelang es mir dadurch vielleicht sie durch das gleichmäßige Drehen der Waschtrommel in Trance zu versetzen; bei vielen Kindern hatte das schließlich auch funktioniert. Ich war mir sicher, wenn die neue Wachmaschine erstmal lautlos den Schaum schlagen würde, wäre die Welt wieder in Ordnung. Fünf Minuten später saß ich in Unterhose neben meiner Frau. Beide blickten wir stumm auf das große Bullauge. Funktionierte es? Der Waschgang startete ... und unter der neuen Waschmaschine lief das Wasser in die Küche. Da hatte ich wohl einmal zu viel an den Kupferleitungen gebogen!

+

Für den Außenstehenden mag es unglaublich erscheinen, aber wir sind immer noch verheiratet. Uns bringt eben noch nicht einmal eine neue Waschmaschine auseinander. Die Zahl der Bauvorhaben im Haus wurde nach der Anschaffung der neuen Waschmaschine drastisch verringert, um genau zu sein, auf null. Zum Teil liegt das an den langen Planungsverfahren, denn die beste Ehefrau von allen rang mir das heilige Versprechen ab, nie, also wirklich nie wieder bauliche

Veränderungen ohne ihre ausdrückliche Einwilligung vorzunehmen. Daran habe ich mich bis heute gehalten, auch wenn der Plan für eine Sauna im Keller noch nicht vom Tisch ist!

Über den Nachbarn rege ich mich auch nicht mehr auf. Wenn er zu Hause nichts macht, dann kann ihm so etwas wohl auch nicht passieren. Ein Stück weit hat er vielleicht recht.

Fußnoten

i   https://www.sign-lang.uni-hamburg.de/hlex/konzepte/l7/
l768
ii https://debeste.de/witze/waschmaschine
iii https://de.wikipedia.org/wiki/Baskenland
iv https://basquepoetry.eus/?i=poemak-de&b=gehi2
v   https://www.travelbook.de/ziele/laender/pintxos-und-die-
scharfe-gilda-schlemmen-im-baskenland
vi https://de.wikipedia.org/wiki/Pincho
vii https://www.bizkaia.eus/es/tema-detalle/-/edukia/dt/2662
viii https://debeste.de/witze/waschmaschine/
ix https://goierri.hitza.eus/2018/09/27/san-migel-txikia-handi/
x   https://debeste.de/witze/waschmaschine/
xi https://www.pressreader.com/
xii https://debeste.de/witze/waschmaschine/
xiii   https://www.der-schlauchfritze.de/magazin/aquastop-
wasserschaden/
xiv https://es.farnell.com/en-ES/pro-elec/140-1473/aquastop
-safety-inlet-supply-hose/dp/3651870
xv https://debeste.de/witze/waschmaschine/
xvi https://www.daidalos.blog/zeitreise/artikel/die-constructa
xvii   Young Sheldon, Staffel 5, Episode 4
xviii https://www.wirtschafteinfach.de/
xix https://de.wikipedia.org/wiki/Waschsalon
xx https://www.fernschmecker.blog/waschsalon/
xxi https://www.dw.com/de/waschen-schleudern-
xxii   https://www.dw.com/de/waschen-schleudern-trocknen-
ein-besuch-im-waschsalon/l-36296428
xxiii   https://debeste.de/witze/waschmaschine/
xxiv   https://www.dw.com/de/waschen-schleudern-trocknen-
ein-besuch-im-waschsalon/l-36296428
xxv https://www.hejel.com/fakt/
xxvi   https://www.dw.com/de/waschen-schleudern-trocknen-
ein-besuch-im-waschsalon/l-36296428
xxvii   *https://debeste.de/witze/waschmaschine/*
xxviii https://magazin.kuechenfinder.com/wie-funktioniert-
ein-induktionskochfeld/
xxix   https://www.induktion.de/technik-induktion.html
xxx https://www.haus.de/einrichten/soft-close-32117

Fußnoten

xxxi https://www.zimmer-group.com/de/technologien-/kompo
nenten/daempfungstechnik/soft-close/
selbsteinzugseinheiten

xxxii https://debeste.de/witze/waschmaschine/

xxxiii *https://www.smartricity.de/abwaschen/geschirrspuel
er*

xxxiv https://debeste.de/witze/waschmaschine/

xxxv https://www.bewusst-haushalten.at/spuelen/geschirrs
pueler-wie-gross-soll-er-sein/.

xxxvihttps://www.bewusst-haushalten.at/spuelen/
geschirrspueler-wie-gross-soll-er-sein/.

xxxvii https://die-ratgeber-seite.de/geschirrspueler-
massgedeck-ladekapazitaet/

xxxviii https://www.aphorismen.de/zitat/83013

xxxix https://www.umweltbundesamt.de/themen/neue-
energieeffizienz-vorgaben-fuer-die-beschaffung

xl https://debeste.de/witze/waschmaschine/

xli https://waschmaschine-ratgeber.com/worauf-du-beim-
waschmaschine-kaufen-achten-solltest/

xlii https://debeste.de/witze/waschmaschine/

xliii https://debeste.de/witze/waschmaschine/

xliv https://www.waschmaschinekaufen.com/test/jahr-2017

xlv https://waschmaschine-ratgeber.com/richtig-waschen/

xlvi https://www.hamp-hausgeraete.de/blog/8-dinge-die-sie-
noch-nicht-ueber-ihre-waschmaschine-wussten

xlvii https://www.verbraucherzentrale.de/wissen/umwelt-
haushalt/wasser/hinweise-zur-wasserhaerte-5532

xlviii https://www.verbraucherzentrale.de/wissen/umwelt-
haushalt/wasser/hinweise-zur-wasserhaerte-5532

xlix https://www.waschkampagne.de/haertegrad-
dosierung/warum-sie-umsteigen-sollten/

l https://www.hamp-hausgeraete.de/blog/8-dinge-die-sie-
noch-nicht-ueber-ihre-waschmaschine-wussten

li https://www.reviersport.de/fussball/1bundesliga/a353747--
-juergen-klopp-50-besten-sprueche-kult-trainers.html

lii https://debeste.de/witze/waschmaschine/